계절에 따라 산다

KOJITSU NIKKI KISETSUNOYONI IKIRU
by Noriko Morishita

Copyright © Noriko Morishita 2018
All rights reserved.
Original Japanese edition published by Parco Publishing
Korean translation copyright © 2019 by E*PUBLIC
This Korean edition published by arrangement with Parco Publishing
through HonnoKizuna, Inc., Tokyo, and BC Agency

사계절이 매일매일 좋은 날

차와 함께라면

계절에 따라 산다

모리시타 노리코 지음 | 이유라 옮김

티라미수
THE BOOK

초등학교 때 여름방학 후반부에 접어들면, 끝내지 못한 숙제가 신경 쓰여 마음껏 놀지 못했다.

어른이 된 지금도 다 하지 못한 일이 있으면 늘 신경이 쓰인다.

맺고 끊기가 잘 안 되는 것이다. 그런 성격 때문에 줄곧 자유롭지 못한 삶을 살아왔다. 그런데 하필이면 일과 사생활을 분리하기 어려운 직업을 택하고 말았다…….

육십 년 된 목조 가옥, 우리 집 이층이 나의 작업실이다. 그곳에서 밤늦게까지 컴퓨터 앞에 앉아 에세이를 쓴다.

"집에서 일할 수 있다니 좋겠다. 시간을 자기 마음대로 활용할 수 있잖아. 난 매일 만원 전철 타고 출퇴근한다고. 통근 시간은 인생의 큰 낭비야."

회사원인 동창이 이런 말을 한 적이 있다. 하지만 사실은 그 반대다. 내 경우에는 '집에서 일을 한다'기보다 '작업실에 살고 있다'에 가깝다.

삼십 대 때는 '지-코 지-코' 하는 팩스 소리 때문에 자다가 자주 깨곤 했다. 팩스가 오면 이불에서 기어 나와 눈을 비비면서 도착한 전달 사항을 확인해야 했다.

"초교가 나왔으니 확인 부탁드립니다."

식사 중에 업무 전화가 걸려오기도 한다.

"아까 주신 원고 말인데요, 지금 통화 가능하신가요?"

그렇게 되면 더 이상 밥이나 먹고 있을 상황이 아니다. 몇 페이지의 어느 표현이 이해하기 어렵다, 이 부분을 더 길게 써주면 좋겠다, 그런 이야기를 들으면 곧장 이층으로 뛰어 올라가 컴퓨터 앞에 앉게 된다.

그런 생활이 사십 년 넘게 이어졌다. 회사원처럼 업무 시간이 딱 정해져 있지는 않지만, 그 대신 늘 애매하게 일에 사로잡혀 있다. 아니, 스스로를 구속하고 만다. 설상가상으로 맺고 끊기가 안 되는 이 성격 때문에.

프리랜서 중에는 일과 사생활을 분리하기 위해 집에서 떨어진 곳에 작업실을 빌려서 출퇴근하는 사람도 적지 않다. 남쪽에 있는 섬으로 자택을 옮기고, 도심의 아파트에 사무실을 마련해서 주말마다 비행기로 오간다는 사람도 있다.

나에게는 작업실을 따로 빌릴 만한 경제력도 없고, 남쪽 섬까지 오가는 건 바라지도 않는다.

그래도 나는 일주일에 한 번, 업무에서도 일상의 자질구레한 여러 일에서도 벗어나는 시간을 가지고 있다.

바로 다도를 배우는 시간이다.

어머니에게 반쯤 억지로 권유를 받아서 다도 수업에 다니기 시작했던 게 스무 살 초여름. 아직 학생이었고 일도 인생도 이제 한창 시작될 때였다.

"차 같은 건 너무 고루해."

내키지 않는 기분으로 다니기 시작한 그곳에, 나는 벌써 사십 년 넘게 다니고 있다.

다케다 선생님 댁은 우리 집에서 걸어서 십 분 거리에 있는 단독주택이다. 돌이켜보면 그 십 분 거리를, 나는 언제나

무언가를 품은 채 걷고 있었다. 생각만큼 잘되어가지 않는 일. 인간관계 고민. 장래에 대한 불안. 부모님과 집안 문제. 타인의 말로 인해 받은 상처.

작은 일에 우울해하고 일일이 상처받는 나 자신을 버거워하며, 그래도 살아가야만 하기에 한숨을 쉬면서 선생님 댁 문에 들어서다.

그러면,

졸졸졸…… 멀리서 물소리가 들려온다.

현관의 미닫이문을 끼이익, 연다.

그 순간, 숯 냄새가 훅 끼쳐온다. 어딘지 모르게 모닥불을 닮은, 살짝 싸하면서도 청결한 냄새. 그때부터 내 안에서 조금씩 무언가가 바뀌어간다.

물을 뿌려둔 현관 바닥에 신발이 가지런히 놓여 있다. 다도 수업은 이미 시작되었다. 현관 바로 옆에 있는 준비실에서 채비를 갖추고 흰 양말을 신는다.

툇마루를 지나 복도 막다른 곳에 앉으면, 정원 한쪽에 손을 씻기 위해 자연석으로 만든 돌 대야인 '쓰쿠바이'가 있다.

대나무 대롱 끝에서 졸졸졸…… 물이 흘러내리고 쓰쿠바이의 수면에 동심원의 파문이 퍼져나간다. 그 물소리를 들으면 머릿속에서 복잡하게 얽혀 있던 실이 스르르 풀린다.

복도에 정좌한 채 '히샤쿠'*로 물을 뜨고, 손과 입을 깨끗이 한다.

찰랑! 쓰쿠바이 아래로 흘러넘친 물 때문에 풀고사리 잎이 흔들리고, 징검돌의 표면을 덮은 펠트지 같은 이끼가 함초롬히 물기를 머금어 녹색이 더욱 짙어진다.

다도실의 장지문을 연 뒤 무릎 앞에 부채를 놓고 양손을 살짝 짚은 채 인사한다.

"안녕하세요. 늦었습니다."

삭삭삭삭, 삭삭삭······.

'차선'**을 젓는 소리가 난다.

"어서 오렴. 지금 막 차를 탔단다. 자리에 앉도록 해."

선생님이 말을 건네신다.

"네."

무릎걸음으로 방 안에 들어가 고개를 든 순간, 도코노마***의 족자가 시야에 들어온다.

'아······. 이 계절이 왔구나······.'

나도 모르게 빙긋이 미소 짓는다.

---

*　　물을 뜨는 나무 국자.
**　　말차를 저어서 거품을 만드는 대나무 솔.
*** 다실의 가장 상석으로 족자, 향, 꽃 등을 놓는 공간.

도코노마의 장식 기둥으로 시선을 옮기자, 청초하게 핀 들꽃 한 송이가 고개를 기울인 채 꽃병에 담겨 있다. 그 꽃 너머로 들바람이 불어오는 것만 같다.

"자, 빨리 과자를 집으렴."

"잘 먹겠습니다."

눈앞의 과자 그릇 속에 펼쳐진 작은 우주에 숨이 막힌다.

'아, 그랬지……'

잎사귀를 적시는 아침 이슬. 수면에 비치는 달. 꽃잎과 얼음 조각……. 손안에 쏙 들어올 만큼 작은 과자가 계절의 세세한 부분을 떠오르게 한다.

"감사히 받겠습니다."

다완을 받아들고 이끼처럼 진한 녹색에 천천히 입술을 댄다. 말차의 향기가 코끝을 스치고 산뜻한 쓴맛과 함께 깊은 풍미가 입안에 퍼진다.

스읍, 소리를 내서 차를 끝까지 마시고 다완에서 얼굴을 들면 녹색의 바람이 사아아, 몸을 빠져나간다.

"후우……"

기분이 좋아져서 단전에서부터 긴 숨을 내쉰다. 눈을 들자 맞은편 정원에 동백 잎이 빗물에 씻긴 듯 반짝이고 있다.

'와아, 예쁘다……'

그럴 때 내 안에는 일에 대한 걱정도, 미래에 대한 불안도, 오늘 돌아가서 해야만 하는 일도, 아무것도 없다.

끌어안고 있던 문제가 해결된 것은 아니다. 현실은 변함없이 그곳에 있다. …… 하지만 그 순간 나는 일상에서 벗어난 '다른 시간' 속에 있는 것이다.

아무리 노력해도 데마에*는 완벽해지지 않는다. 하지만 '다른 시간'으로 들어가는 일에는 어느새 능숙해졌다.

데마에에 집중할 때, 나는 더욱 진한 시간으로 들어간다. 손끝의 작은 움직임까지 주의를 기울이며, '맛있어져라, 맛있어져라' 하고 한 잔의 말차에 마음을 담는다. 그러면 그 안에서 신기한 일이 일어난다.

뇌의 어떤 메커니즘이 그렇게 만드는지 모르겠지만, 아득한 어린 시절의 추억이며 완전히 잊고 있던 날들의 작은 기억이 머릿속에 불쑥 되살아난다. 그것은 일어났던 일 그 자체라기보다는 감각의 단편이다.

언젠가 길모퉁이에 떠돌고 있던 냄새, 해 질 녘의 구름 색, 라디오에서 흘러나오던 멜로디. 그리고 그때 내가 느꼈던 기

---

* 다도에서 차를 타는 작법.

분……. 그런 오감의 기억과 감정이 데마에에 집중하고 있을 때마다 눈앞에 나타났다가 사라진다.

그럴 때면 고양이가 뒤에서 살그머니 다가오듯이, 누군가가 바싹 다가붙는 듯한 기분이 든다. 나는 어느새 미소 지으며, 마음속으로 그 누군가와 대화를 나눈다.

'맞아, 맞아. 그러고 보니 그런 일이 있었어.'

'그동안 잊고 있었지?'

'응, 지금 막 떠올랐어.'

나는 대체 누구와 이야기하고 있는 걸까?

옛날부터 잘 알고 있던, 아주 친한 사람.

……어쩌면, 그건 나 자신이 아닐까?

다도를 시작한 지 사십 년……. 나는 지금도 일주일에 한 번, 다도 수업에 다니고 있다.

다케다 선생님은 내가 다도를 배우기 시작했을 때나 지금이나 변함없이 시원시원하고 똑 부러지는 말투로 이야기하신다.

하지만 찹쌀떡처럼 폭신하고 부드러웠던 사십 대 때와는 달리, 등은 구부정해지고 몸집도 자그마해졌다.

시력도 나빠져서 가끔 이런 말을 하신다.

"얼굴이 흐릿해서 누가 누군지 잘 모르겠어."

그런데도 막상 수업 시간이 되면 달라지신다.

"지금 순서 하나 빠뜨렸지?"

"아, 선생님. 보고 계셨어요?"

"그야 알지. 후후후. 너무 빨랐는걸."

선생님에게는 우리가 하는 동작이 속속들이 보이는 것이다.

해를 거듭해도 수업을 향한 선생님의 열의는 사그라지지 않았다. 오랜 동반자였던 남편을 먼저 떠나보냈을 때도 마찬가지였다.

우리는 마음이 쓰여서 "선생님, 수업은 한동안 쉬세요" 하고 권유했지만, 선생님은 "그건 내가 결정할 일이야!"라고 딱 잘라 말하며 수업을 거의 쉬지 않으셨다.

여든을 조금 앞두고부터는 일어서고 앉는 일을 힘들어하며 가끔씩 이런 말씀을 하시곤 했다.

"아아, 이 일을 얼마나 더 할 수 있을까? 너희들도 앞으로 어떻게 할지 생각해두렴."

그래도 무척 건강하신 편이라 우리는 선생님께 어리광을 부렸다. 말씀은 그렇게 하셔도 언제까지나 한 걸음 앞서 걸어 나가며 우리를 이끌어주실 거라고 생각했다.

봄이 한창이던 어느 날, 정식 다회인 '다사茶事'의 가이세키*

연습을 하던 중이었다. 쟁반을 들고 일어나려던 선생님이 좀처럼 자리에서 일어서지 못하셨다.

그러다 간신히 일어서셨는데, "아아, 나도 이제 끝이구나⋯⋯" 하며 쓴웃음을 지으시는 것을 보고 문득 쓸쓸해졌다.

다케다 선생님이 자택에서 넘어져서 골절상을 입은 것은 딱 여든이 된 해의 가을이었다.

한 달 반이 지난 뒤 선생님은 퇴원하셨지만, 예전처럼 정좌를 하거나 일어서고 앉는 일은 불가능했다.

이듬해의 새해 첫 다회 날, 지팡이를 짚고 천천히 우리 앞에 나타난 선생님은 말씀하셨다.

"나도 이제 한계가 보이기 시작했단다. 너희들도 되도록 빨리 다른 선생님을 찾아서, 앞날을 개척하도록 하렴."

다들 가만히 귀를 기울이고 있었지만, 결국 아무도 그 말을 따르지 않았다.

그 후 선생님은 재활 치료를 꾸준히 한 덕분에 걸을 수 있게 되었고, 의자에 앉은 채로 다시 수업을 시작하셨다.

하지만 다도실의 분위기는 이제까지와 사뭇 달라졌다. 다

* 懷石, 선종에서 수행하는 승려들이 따뜻하게 데운 돌을 품에 넣어 공복과 추위를 이겨냈다는 말에서 유래하며, 일본 연회용 코스 요리인 가이세키会席와 발음은 같지만 별개의 요리다.

계절에 따라 산다

들 마음속에서 '이 시간이 영원히 이어지지는 않을 것'이라고 인식하고 있었다.

바뀌지 않는 것은 없다. 언제까지나 이대로 있을 수는 없는 것이다. 선생님도 우리도⋯⋯.

우리는 한 번 한 번 아쉬워하면서 다도 수업을 맛보게 되었다.

어느 날, 책장에서 낡은 노트 한 권을 꺼내어 펼쳐들었다. 그 안에는 십여 년 전에 적었던 짧은 글들이 담겨 있었다.

글을 적은 건 대개 일주일에 한 번, 다도 수업이 있던 날이었다. 처음에는 그날의 수업 내용이나 족자, 꽃, 다구, 과자 등을 기록해두었다.

그러다 점점 다도실에서 나눈 대화, 수업 중에 느낀 감정, 그날그날 어떤 생각이 들었는지를 적어나가게 되었다.

책장을 넘기다 보니 많은 계절이 보였다. 우리가 이 다도실에서 얼마나 풍요로운 시간을 보내왔는지도⋯⋯.

그중 일 년을 이곳에서 돌이켜보려고 한다.

그 노트에 나는 '호일 일기好日日記*라는 이름을 붙였다.

* 평온하고 아무 탈 없어 기분 좋은 날의 일기.

| 차례 |

들어가며 … 5

여름 ● 계절 속에 있으면 다 괜찮아

가을 ●　　　　지금이 아니면 볼 수 없는 것들

또다시
겨울 ● 계절은 다시 시작되고

겨울

일 년의 시작

소
한 (1월 5일 무렵)

새해 첫 다회의 아침

　스무 살에 다도를 시작하고부터, 나에게는 '정월'이 두 번 찾아오게 되었다.

　첫 번째는 연초에 시작되는 일반적인 정월이다…….

　우리 집은 엄마와 나, 여자 둘로 이뤄진 가정이지만 새해 전날부터 정월까지는 따로 사는 남동생과 독신인 이모가 음식과 술을 가지고 와서 함께 지낸다.

　넷이서 오세치 요리*며 게 요리, 냄비 요리를 함께 먹으며 수다를 떨고 "새해 복 많이 받아" "올해도 힘내자" 하고 덕담을 나눈다.

새해 첫 참배는 늘 근처에 있는 신사에 가서 한다. 엄마와 이모와 나, 여자 셋이서 주택가 언덕길을 걷는다.

차갑고 맑은 공기가 감도는 새해 첫날의 주택가는 무척 고요하다. 집집마다 대문 앞에 소나무 장식이 세워져 있고 지나다니는 사람도 거의 없다. 거리 전체가 멈춰 있는 것 같다.

그런 고요함 속에서도 신사만큼은 사람들로 넘쳐난다. 제례 음악의 흥겨운 피리 소리와 북 소리가 들린다. 딸랑딸랑, 방울을 흔들고 손뼉을 두 번 치고 집안이 두루두루 안전하기를 기원한다. 집으로 돌아오는 길에 언덕 중간에서 완전히 맑게 갠 후지산이 보이면, 어쩐지 좋은 일이 있을 것만 같아서 마음이 들뜬다.

집에 와서는 연하장을 읽고 매년 똑같은 텔레비전의 신년 특집을 본다. 그다음부터는 아무것도 하지 않은 채 정월을 보낸다. 일 년 내내 바삐 움직이던 세상이 오직 정월에만 멈추는 것이다…… 이럴 때 척척 원고를 써두면 좋을 테지만, 어쩐지 일이 손에 잡히지 않는다.

* 연말에 미리 만들어서 새해 명절에 먹는 찬요리.

나의 '새해 첫 업무'는 대문 앞 소나무 장식을 치우고 세상이 '평일'의 감각을 되찾아 조용히 가라앉은 다음에야 시작된다.

그 무렵에 '두 번째 정월'이 찾아온다.

바로 새해 첫 다회다.

다케다 선생님 댁에서는 매년 1월 두 번째 토요일에 새해 첫 다회가 열린다.

지난해 11월 말에 '마지막 다회'가 있은 뒤로 시간이 많이 지난 것도 아닌데, 해가 바뀌고 새해 첫 다회에서 다도를 함께하는 동료와 얼굴을 마주하면 어쩐지 오랜만에 만나는 것 같은 기분이 든다.

새해 첫 다회는 선생님께 드리는 신년 인사이자 첫 수업이다. 학생은 열 명. 특별한 날인 만큼 다들 기모노를 입고 온다.

새해 첫 다회가 열리는 다도실에는 특별한 공기가 흐른다……. 다도를 시작하고 처음 맞았던 새해 첫 다회의 인상이 지금도 기억에 선명하다. 모든 것이 새롭고 신기했다. 호기심이 발동해 다도실을 들여다보고 싶었다. 하지만 한 발짝 들여놓은 순간, 문득 발을 멈추고 말았다. 문지방 너머로 들어갈 수가 없었다.

아직 아무도 없는 새해 첫 다회의 다도실에 평소와는 다른 공기가 흐르고 있었기 때문이었다. 겨울 아침의 희고 은은한 빛이 비치고 있었다. 차갑고 청명한 공기에는 생동감이 넘쳤다.

"……."

나는 숨을 죽인 채 문지방 앞에 앉아 넋을 놓고 바라봤다. 무언가 청아한 것이 그곳에 조용히 존재하는 듯한 기분이 들었다.

도코노마의 장식 기둥에 걸려 있는 푸른 대나무 꽃병에는 사람 키보다 큰 버들가지가 굽이치고 있었다.

버들가지는 중간에서 원 모양으로 한 번 묶인 다음 다다미 위로 길게 늘어뜨려져 있다. 꽃병에는 붉고 흰 동백꽃 봉오리가 들어 있고 녹색 잎에서는 반짝반짝 윤이 난다.

도코노마 한가운데에는 나무를 깎아 만든 받침대가 있고 작고 귀여운 황금색 쌀가마니가 쌓여 있다.

족자에는 이렇게 쓰여 있었다.

봄에는 모든 숲이 가는 곳마다 꽃이다

春入千林處處花

봄날의 빛은 골고루 퍼져서 도처에 꽃을 피운다……. 대자연의 힘은 만물에 동등하게 미친다는 의미라는 걸 알게 된 건 먼 훗날의 일이다.

새해 첫 다회는 보통 오전 11시를 조금 넘긴 시간에 시작한다. 가장 먼저 선생님과 학생들이 마주 보고 인사를 나눈다.

"여러분, 새해 복 많이 빝으세요."

"새해 복 많이 받으세요. 지난 일 년 동안 신세가 많았습니다. 올해도 저희 학생들은 정진할 테니 모쪼록 많은 지도 편달 부탁드립니다."

선생님은 차분해 보이는 민무늬 기모노에 오비*를 두르고 있었다. 살며시 고개를 숙이며 절을 하는 모습에는 품격이 느껴진다고 할까, 나도 모르게 넋을 잃고 바라보게 되는 위엄이 있다.

새해 첫 다회에서는 정월을 축하하는 근사한 요리가 나온다.

찬합 속에는 검은콩, 두루미냉이 솔잎 꼬치, 말린 청어 알, 마른 멸치 볶음, 백합 뿌리와 매실 무침, 달걀말이 등이 들어 있었다.

* 기모노의 허리 부분에 두르는 넓은 띠.

검은 칠기 그릇의 뚜껑을 열자 교토 풍의 오리 떡국이 들어 있었다. 흰 된장으로 양념한 새빨간 교토 당근, 표고버섯, 무, 토란, 유채꽃 그리고 네모난 떡.

상이 나온 다음에는 선생님이 거북이 모양의 술병을 들고 한 사람씩 술을 따라주며 덕담을 건네신다.

"올해도 공부 열심히 해요."

"올해 결혼한다고 했죠? 축하해요."

금박 세공을 입힌 학 문양의 주홍빛 잔에 따라주시는 술을 받아 가만히 입술을 대면, 속에서부터 따뜻해지면서 기분이 좋아진다.

상을 물리고 나면, 드디어 '진한 차'의 차례.

차에는 연한 차와 진한 차가 있는데, 진한 차는 좀 더 높은 단계의 데마에다.

이날은 선생님이 직접 진한 차를 타서 대접해주신다. 새해 첫 다회는 선생님의 데마에를 볼 수 있는 일 년에 한 번뿐인 기회다.

먼저 진한 차와 함께 먹는 '화과자'가 나온다. 이십 대 때 처음 그 과자를 보고는 솔직히 실망했다. 정월인 만큼 화려한 과자가 나올 거라고 기대했는데, 평범해 보이는 하얀 만주였기 때문이다.

그런데 그 하얀 만주를 가이시* 위에 올려놓고 반으로 자른 순간, 나는 무심코 숨을 삼켰다. 하얀 만주 속에서 마치 비취처럼 선명한 빛깔의 팥소가 나타났던 것이다.

"새해 첫 다회에서 먹는 '도키와만주'라는 과자야. 하얀 겉면과 녹색으로 물들인 팥소는 눈 덮인 소나무를 표현한 거래."

옆 사람이 살짝 가르쳐줬다.

새하얀 만주 겉면은 참마를 갈아서 만드는데, 입에 넣으면 쫀득쫀득한 찰기가 느껴진다. 그 쫄깃한 식감과 촉촉한 팥소의 달콤함이 어우러져 행복한 한숨이 새어나온다.

선생님의 데마에가 시작되었다…….

정월에는 '시마다이'라고 해서, 안쪽에 금박과 은박을 입힌, 특별한 날에 쓰는 크고 작은 두 개의 다완에 진한 차를 갠다.

"슈우———."

물이 끓기 시작하자 가마에서 솔바람 소리가 조용히 들려온다.

선두에 앉은 '정객'이 가장 먼저 다완을 받아 차를 마신 다

* 다도에서 과자를 먹을 때 앞 접시 용도로 쓰는 종이.

도키와만주°

음, 차례차례 다완을 옆으로 건넨다.*

다완에 살짝 입술을 대고, 진하디진한 차를 맛본다.

짙은 향기가 물씬 풍기고 혀끝에 남은 과자의 단맛과 함께 쌉싸름함이 느껴진다. 그리고 농후한 풍미……. 진한 차는 다 마시고 난 뒤에도 타액이 달다.

데마에를 끝낸 선생님은 평온한 일굴을 하고 계셨다.

"자, 그럼 오늘부터 다도 연습이 시작되니까, 여러분이 교대로 연한 차를 타보세요."

그때부터 바로 긴장감이 무너지고, 다들 차례차례 자리에서 일어나 연한 차를 타서 다 같이 마시며 수다 꽃을 피운다…….

그럴 때 나는 다도실을 비추는 빛에 넋을 빼앗긴다. 아침의 차갑고 투명하기 그지없던 모습은 사라지고, 어느새 온화하고 맑은 겨울 오후의 햇살이 새하얀 장지문을 통해 들어와 다도실을 환하게 비추기 시작한다. 나들이옷 차림을 한 여자들의 얼굴도 한결 밝아 보인다.

---

* 진한 차는 한 사람이 한 잔씩 마시는 게 아니라, 한 잔의 차를 여럿이 돌려가며 마신다.

나는 언제나 이 청명한 겨울의 흰빛에 '새봄'이라는 말의 화사함이 머물고 있음을 느낀다. 여기서부터 다도실의 새로운 일 년이 시작되는 것이다……

새해 첫 다회의 마지막 순서는 언제나 '제비뽑기'다. 작게 접힌 종이 제비를 한 사람씩 뽑은 다음, "자, 열어보세요!" 하는 목소리를 신호로 일제히 펼친다. 그 안에는 선생님의 손글씨가 한 마디씩 쓰여 있다.

소나무, 대나무, 매실을 뽑으면 당첨이다. 다완이나 후쿠사, 다시후쿠사 등의 상품을 받을 수 있다. 후쿠사는 데마에를 할 때 허리에 차는 손수건 같은 천인데 다기를 깨끗하게 할 때 사용한다. 다시후쿠사는 진한 차를 낼 때 쓰는 후쿠사다. 상품을 받은 사람은 그 자리에서 상자를 열어 모두에게 선을 보인다.

나도 몇 년 전에 '소나무'에 당첨되어 다완을 선물받았었다. 붉은 열매가 가지가 휘어질 정도로 가득 열린 '백량금' 그림의 다완이었다. 죽절초와 백량금은 둘 다 길운을 가져온다고 해서 정월 장식으로 사용된다. 사실 죽절초와 백량금의 차이를 잘 몰랐는데, 선생님이 가르쳐주셨다.

"열매가 잎사귀 위에 열리는 게 죽절초고 잎사귀 밑에 열리는 건 백량금이야. 비슷하게 생긴 송이꽃자금우와 자금우라는 식물도 있단다."*

소나무, 대나무, 매실에 당첨되면 올해도 좋은 일이 생길 것 같은 기분이 든다. 하지만 당첨되지 않아도 그냥 좋았다. 당첨이 아닌 제비에는 '복'이라고 쓰여 있기 때문이다.

복을 뽑은 사람은 가이시를 받는다. 꽝에 걸린 사람들이 받는 참가상인 셈인데, 다석에서는 자기 몫의 과자를 담거나 다완 가장자리를 닦을 때 가이시가 유용하게 쓰인다.

어쩌면 선생님은 '복福'과 '닦다拭く'가 둘 다 '후쿠'로 발음이 같다는 데서 착안하신 걸지도 모르겠다.

당첨이 아니어도 모두에게 확실히 복이 온다.

'인생도 그렇다면 좋을 텐데…….'

복이라고 쓰인 제비를 볼 때마다, 마음이 따뜻해진다.

---

* 일본어로 백량금은 만료万両, 죽절초는 센료千両, 송이꽃자금우는 햐쿠료百両, 자금우는 주료十両이다.

강하지 않아도 좋다

새해 첫 다회가 끝나고 일상으로 돌아왔다.

평소처럼 자택 이층에 있는 작업실에 올라가, 온종일 컴퓨터 앞에서 원고를 쓰며 하루를 보낸다.

동장군이 기승을 부리는 이 계절의 낡은 목조주택은 난방만으로는 부족해서 발 난로를 쓰거나 전기담요를 무릎에 덮고서 몸을 녹이곤 한다.

창문 너머로 나란히 늘어선 주택가의 지붕이 보인다. 그 위로 펼쳐진 하늘에 우중충한 구름이 묵직하게 드리워 금방

이라도 눈이 바람결에 흩날릴 것 같다. 이런 날은 한층 더 쌀쌀하다.

긴 휴가가 끝난 뒤에는 평소보다 글이 더 안 써진다. 몇 번을 고쳐 쓰고 밤이 돼서야 겨우 편집자에게 원고를 보냈는데 결국 추가 요청 사항이 따라붙었다.

'이 부분은 좀 더 깊이 있게 나루는 게 어떨까요……?'

한밤중까지 다시 손보고 겨우겨우 승인을 얻어내긴 했지만, 여전히 마음이 맑아지지 않는다. 그런 기분으로 고민에 고민을 거듭한다.

'이런 식으로 앞으로도 계속해나갈 수 있을까?'

어렸을 때는 부모님 말씀만 잘 들으면 안전이 보장된다고 생각했다. 하지만 나를 지켜주던 부모님의 등은 어느새 작아졌다. 이제 내가 지키고 떠받쳐야 할 입장이 되고 보니 세상에 확실한 안전 같은 건 어디에도 없었다.

일 때문에 우울해지면 마음에도 삶에도 금세 먹구름이 드리운다. 특히 이 시기에는 추위 때문에 더욱 타격이 크다.

옛날 사람들이 이 계절에 설, 인일*, 성인식, 콩 뿌리기**

---

* 人日, 정월 초이렛날로 아침에 일곱 종류의 채소가 들어간 죽을 먹는 풍습이 있다.
** 입춘 전날 밤에는 액막이로 콩을 뿌린다.

같은 소소한 행사를 해온 것은, 마음을 달래고 추위를 넘어서기 위해서였을지도 모른다.

수요일. 새해 첫 다회로부터 열흘이 지나 다도 수업 날이 다가왔다.

다케다 선생님의 다도 교실에는 수요일과 토요일 수업이 있고 학생은 모두 열 명이다. 나는 다도를 처음 시작했던 스무 살 때부터 쭉 학생이나 직장인이 다니는 토요일 수업에 나갔다. 그런데 세월이 흐르면서 함께 다도를 배우던 동료들의 인생이 달라졌다. 어떤 사람은 관서 지역으로 전근을 갔고 어떤 사람은 결혼해서 가족과 함께 홋카이도로 이사했다.

오래전, 열다섯 살에 다도에 입문해 유독 눈에 띄는 데마에를 선보였던 '히토미'라는 소녀가 있었다. 하지만 히토미도 결혼해서 육아 때문에 다도 수업을 그만두고 말았다.

그 후 새로운 사람이 몇 명 합류하면서 토요일 학생 수가 점차 늘어나는 바람에 나와 유키노 씨는 수요일 수업으로 옮기게 되었다. 유키노 씨는 선생님의 친척이고 나보다 여섯 살 연상이다. 원래는 염색 공부를 했었고 독신이다. 다도 경력도 나와 거의 비슷하고 함께 교수 자격을 획득했다. 빠릿빠릿하고 리더십이 뛰어나서 토요일 학생들은 유키노 씨를 언니라고 부르며 의지하고 있다.

유키노 씨는 요리를 잘하고 차도 맛있게 탄다. 데마에에 차이가 있는 건 아니다. 똑같은 말차와 뜨거운 물로 똑같이 차를 타는데 신기하게도 유키노 씨의 차만 풍미가 다르다.

유키노 씨와 내가 옮겨 간 수요일 수업에는 데라시마 씨, 후카자와 씨, 하기오 씨, 이렇게 세 명의 학생이 있었다.

데라시마 씨는 칠십 대인데 다케다 선생님이 다도 수업을 처음 시작했을 때부터 다녔다고 한다. 학생회장처럼 여러 가지 일을 수습하는 역할을 맡고 있어서 그만큼 선생님께 대표로 혼나기도 한다. 그래도 차를 너무 좋아해서, 정좌를 하기 위해 매일 밤 스쿼트를 하며 다리를 단련할 정도로 심지 굳고 성실한 분이다.

후카자와 씨는 교사 출신이며 올해 일흔 살이다. 어머니에게 물려받은 기모노가 옷장 서랍 속에 한가득 들어 있다고 한다. 정년퇴직한 뒤로 젊었을 때 배웠던 다도를 다시 시작했는데 매주 "어머니가 입으시던 거야" 하면서 고상한 기모노를 입고 다도 수업에 온다.

하기오 씨는 육십 대이며 자택에서 젊은 학생들에게 다도를 가르치고 있다. 데마에에서 조금이라도 의아한 부분이 있으면, "우리 집에 있는 책에는 오른쪽이라고 나와 있는데,

다도 잡지에는 왼쪽이라고 나와 있어요" 하는 식으로 철저하게 확인하며 공부하는 모범생이다. 그래서 우리는 선생님에게 질문할 수 없는 상황일 때는 하기오 씨에게 "이거 어느 쪽으로 하면 돼요?" 하고 묻곤 한다.

모두들 다도에 있어서는 숙련된 전문가이며 연령대가 높고 안정된 삶을 살고 있는 전업주부다. 수요일 수업에는 늘 차분한 공기가 흐른다.

점심때가 지나면 선생님 댁에 학생들이 모여든다.

새해 첫 다회의 도구는 복도 안쪽에 있는 '미즈야*'의 선반에 정리돼 있었고, 시마다이 다완에도 물기 하나 남아 있지 않았다. 축일 분위기는 싹 사라지고 평소의 수업으로 돌아와 있었다.

다도 수업은 '숯 데마에'로 시작된다.

뜨거운 물이 끓지 않으면 차를 탈 수 없다. 그렇기 때문에 '화로'의 밑불을 정돈하고 숯불 주변에 재를 뿌리면서 새 숯을 더 넣는다.

재를 뿌리는 법, 부젓가락을 쥐는 법, 숯을 다루는 법이나 놓는 장소에 이르기까지 세세한 순서와 작법이 존재하기 때

---

* 　다도를 준비하는 부엌 같은 곳.

37

겨울

문에 숯 데마에는 차 데마에 이상으로 수련이 필요하다.

"후카자와 씨, 숯 데마에를 해보세요."

선생님이 후카자와 씨를 지명했다.

"아, 전 숯 데마에는 좀……."

후카자와 씨가 뒤로 물러나자, 선생님은 늘 하는 말씀을 하셨다.

"잘하면 굳이 연습하지 않아도 돼. 못하니까 연습해야 하는 거야."

그러자 후카자와 씨는 "네!" 하고 등을 쭉 폈다.

"그럼 잘 부탁드리겠습니다."

후카자와 씨가 절을 하고, 미즈야로 사라졌다.

다케다 선생님의 다도실에는 등유 난로가 한 대 있을 뿐이다. 이 시기에는 장지문이 열릴 때마다 툇마루에서 싸늘한 냉기가 흘러들어와 다들 무의식적으로 몸을 움츠린다.

"그러고 보니 오늘이 '대한'이었어."

"'입춘'이 오기 전까지는 계속 춥겠지?"

자연스럽게 화제가 그쪽으로 흐른다.

평일 오후에 여자들이 모여서 다도 연습을 하는 풍경을 밖에서 바라보면 분명 시간적, 경제적 여유가 있는 사람들이 누리는 사치스러운 취미의 세계로 보일 것이다. 실제로 전업

주부인 사람들은 이런 말을 하기도 한다.

"매일 집에서 남편이랑 얼굴을 맞대고 있으면 싫어지잖아. 일주일에 한 번 정도는 기모노를 입고 밖에 나가야 해."

"가끔씩 다 같이 모여 수다라도 떨지 않으면 스트레스를 풀 수가 없어."

하지만 이런 부분은 표면적일 뿐이고, 사실은 누구나 마음속에서 자신만의 싸움을 하고 있다. 그것이 우연한 순간에 말로 표현된다.

"내가 다른 사람에게 했던 말이 마음에 걸려서 견딜 수가 없어. 하지만 말이야, 이런 식으로 칠십 년을 살아왔는데 이제 와서 어떻게 바뀔 수 있겠어."

"산다는 게 왜 이리 힘들까. 정말 지긋지긋해."

선생님도 예외는 아니었다.

"나이가 들면 사람이 둥글둥글해진다는 건 다 거짓말이야. 난 요즘 들어 자꾸 짜증이 나서 못 견디겠어."

아무리 나이가 들어도 사람이 갑자기 온화해지는 일은 없다. 다들 자신의 천성과 싸우고 있다. 그런 고민 앞에서는 스무 살이나 여든 살이나 마찬가지일지도 모른다.

이 시기의 다도 수업에는 십이지와 관련된 다구가 자주 보인다. 보통은 새해 첫 다회 때 사용하지만 절분*까지는 사용해도 된다고 한다. 십이지는 그해의 수호신으로, '올 한 해도 액운 없이 건강하게 지낼 수 있기를' 기원하는 의미로 관련 도구를 사용한다.

이를테면 호랑이띠 해에는 종이호랑이가 그려진 향합을, 용띠 해에는 해마 그림의 다완을 사용한다. 어떤 다구든 그 동물의 실제 모습 그대로가 아니라 재치를 살려 상징적으로 표현한다.

언젠가 원숭이띠 해에 나온 다완에는 언뜻 보기에 원숭이 같은 그림이 어디에도 없었다. 그런데 뒤집어서 아래쪽을 봤더니, 바닥 부분이 새빨간 원 모양이었다.

"어머, 엉덩이가 빨갛네!"

누군가 크게 외쳐서 일제히 웃음을 터뜨렸다.

십이지가 표현된 다구는 절분이 지나면 치우기 때문에, 같은 띠가 돌아오는 십이 년 후에야 다시 볼 수 있다.

또 하나, 이 시기에 자주 쓰는 다완이 있다. '순무'가 그려진 다완이다. 순무는 봄을 대표하는 일곱 가지 채소 중 하나다.

큼직한 순무 다완은 가운데가 약간 잘록하게 들어가 있다.

* 입춘 전날.

순무 채색 다완°

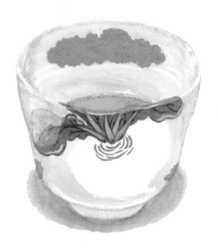

어디선가 이런 모양새의 순무를 본 적이 있는 것도 같다. 정면에는 푸릇푸릇한 무청이 한가득 그려져 있다.

이 다완을 사용할 때면 선생님은 데마에를 하는 사람에게 이렇게 말하곤 하셨다.

"날이 추우니까 뜨거운 물을 듬뿍 담아주렴. 겨울에는 따뜻한 것이 무엇보다 맛있는 법이니끼."

가마에서 하얀 수증기가 소용돌이치며 올라오고 있다. 히샤쿠에 찰랑찰랑 뜨거운 물을 담은 뒤, 따랑따랑 둥그스름한 소리를 내며 다완에 따른다. 다완을 양손으로 감싸고 뜨거운 물을 천천히 돌려가면서 그릇을 데운다.

그 데마에를 보고 있으면, 어쩐지 그 손안에서 나 자신이 따뜻하게 데워지고 있는 듯한 기분이 들곤 한다.

'겨울도 참 좋구나……'

수업이 끝나고 뒷정리를 마친 뒤, 서로서로 "잘 가요" 하고 인사를 주고받으며 선생님 댁 대문 앞에서 헤어진다.

집으로 돌아오는 길, 코트 깃을 여미며 귀가 에일 듯한 북풍 속을 혼자서 걸었다.

나는 강하지 않다…….

그런데도 기분이 좋은 건 어째서일까.

고개를 들고 어두컴컴한 하늘을 바라보자 오리온자리의 가운데 별 세 개가 선명하게 빛났다. 차가운 공기가 폐를 가득 채웠다.

'아아, 살아 있다!'

봄

어딘가에
매화가 피어 있다

한 줄기 향기

일상생활에서 24절기를 의식할 일은 거의 없다.

그러기는커녕 '입추(8월 7일 무렵)' 때면 달력상으로는 가을
이라는데 여전히 기온이 30도를 웃도는 날이 이어져서 실제
계절과 차이가 크게 느껴진다.

하지만 일 년에 몇 번쯤, 24절기와 실제 계절이 딱 포개지
는 날이 있다.

바로 그런 날 아침, 엄마가 말했다.

"창밖을 봤더니 매화나무에 조그맣게 하얀 꽃이 피어 있

고 휘파람새가 와 있는 거 있지. 기막힌 조합 아니니? 오늘이 '입춘'이래."

그렇다. 신기하게도 해마다 입춘 날에는 미리 약속이라도 한 것처럼 매화가 핀다. 그 꽃이 입춘 당일에 피었는지, 아니면 사흘 전부터 피어 있었는지는 모른다.

하지만 "오늘은 입춘, 달력상으로는 오늘부터 봄입니다" 하는 텔레비전 뉴스를 듣고 우리 집 정원으로 눈길을 돌리면, 매화나무 가지 끝에 어김없이 팝콘처럼 하얀 꽃이 한두 송이 꽃을 틔우고 있다.

한 송이라도 매화가 피면, 끊임없이 새가 온다. 가지에 앉았나 싶으면 바삐 날아가버린다. 정말이지 '매화에 휘파람새'*라는 시구 그대로였다. 그림으로 그린 듯한 입춘의 풍경이다.

화창한 수요일. 다도 수업에 갔다.

공기는 아직 차갑고 바람의 칼끝은 날카롭다. 하지만 그 칼끝이 아주 조금은 둥글어진 기분이 든다.

도코노마에는 이런 족자가 걸려 있었다.

---

* 梅に鶯, 서로 잘 어울리는 것을 비유할 때 쓰는 말.

매화훈철삼천계
梅花薫徹三千界

    다도를 처음 시작했던 스무 살 때, 선생님에게 족자를 배견하는 법을 배웠다.

    "도코노마 앞에 정좌하고 부채를 무릎 앞에 놓은 뒤 한 번 절하렴. 그런 다음 우선은 족자 전체를 바라보는 거야……"

    그리고 선생님은 뭐라고 쓴 건지 전혀 읽을 수 없는 필치의 글자를 매번 읽어주셨다.

    "이 문구는 '매화, 훈철, 삼천계'라고 읽는단다. '엔가쿠지'라는 절의 '아사히나 소겐'이라는 노스님이 쓴 붓글씨지."

    하지만 읽는 법을 알아도 대체 무슨 뜻인지 모르겠다. 선생님은 그 말의 의미는 설명해주지 않으셨다. 그뿐 아니라 그 족자의 유래도, 값도, 가치도…….

    "그럼 잘 보고 있으렴."

    그렇게 말씀하실 뿐이었다.

    다도를 시작하고 나서 십 년이 지났을 때, 족자에 쓰이는 선어禪語의 해설집을 샀다. 그 해설을 읽었더니 무슨 말인지 점점 더 알 수 없어졌다. 그래서 나는 선생님이 말씀하신 대로, 그저 쓰여 있는 글자를 바라보면서 막연히 상상만 했다.

'매화가 먼 세계까지 향기를 발한다는 뜻인가?'

도코노마의 장식 기둥으로 시선을 돌리자, 입구가 좁은 도자기에 작은 꽃눈이 달린 명자나무 가지와 연분홍빛 동백꽃 봉오리가 담겨 있었다. 꽃봉오리는 볼록하게 벌어져 있었고 녹색 잎에서는 반들반들 윤이 났다.

"자, 이 동백의 이름은 뭘까?"

수수께끼를 내듯이 선생님이 물으셨다. 다실의 꽃을 '다화'라고 한다. 산이나 들에서 자라는 풀을 비롯해서 무수히 많은 꽃이 다화로 쓰이지만, 초겨울에서 늦봄까지 반년 동안 다화의 주역은 단연코 동백이다.

동백은 거의 이천 종류 가까이 되고 저마다 아름다운 이름이 있지만, 다화로 자주 쓰이는 종류는 가모혼나미, 하쓰아라시, 시라타마, 다이카구라 등이다.

문홍색 동백 가운데는 '세이오보'와 '오토메'가 대표적이다.

"세이오보……인가요?"

"아니. 이건 '아케보노'*란다. 《마쿠라노소시》**에도 '봄은 아케보노'라는 구절이 나오잖니?"

---

*   동틀 녘, 또는 노란빛을 띤 연분홍색(새먼핑크)이라는 의미도 있다.
** 《枕草子》, 일본의 대표적 고전 문학작품으로 헤이안시대의 궁중 생활을 그린 수필집.

"아아⋯⋯."

다도 수업은 언제나 그렇듯 숯 데마에로 시작된다. 새 숯을 더 넣은 뒤 '향'을 곁들인다.

향을 담아두는 '향합'은 화장용 콤팩트 같은 둥글넓적한 모양이고 흰 바둑알처럼 광택이 난다.

그 흰 향합이 마치 가부키 공연의 배우가 이 역에서 다른 역으로 재빨리 변신하는 것처럼 숯 데마에 도중에 다른 색을 선보인다.

뚜껑을 열자 흰 향합 안쪽은 포도주처럼 짙은 진홍빛으로 넘실거렸다. 진홍빛 바탕에 금색의 매화꽃이 선묘법으로 그려져 있었다.

몇 번을 봐도 그 화려함에 와아, 하고 탄성을 지르게 된다. 향합을 손에 들고 자세히 배견하자 하얀 뚜껑 겉면에도 매화꽃이 조각되어 있다. 겉은 '흰 매화', 안은 '붉은 매화'다.

이윽고 '연한 차' 연습을 시작한다.

가마쿠라보리*의 매화 다기에, 매화 그림이 그려진 자그

---

*   가마쿠라 시의 특산품으로, 조각한 나무 그릇에 검은 옻칠을 하고 그 위에 다시 붉은색 등을 덧칠해 만든 칠기.

백자 매화 향합°

마한 다완. ……오늘은 모든 순간이 매화였다.

"슈―――."

가마에서 하얀 수증기가 올라오고, '솔바람'이 울린다.

유키노 씨가 툭, 중얼거렸다.

"고요함의 소리네……"

수증기가 은은히 피어오르는 따뜻한 방에 앉아 솔바람에 귀를 기울이고 있으면, 어느새 마음의 술렁거림도 머릿속의 소음도 차츰 잠잠해진다. 그 느낌이 너무나 좋다.

'그렇구나. 고요함이란 아무 소리도 없는 상태가 아니야. 이 소리는 고요함의 소리인 거야.'

나는 유키노 씨의 나지막한 한마디에 마음속으로 끄덕이면서, 차선을 저었다.

삭삭삭…….

이윽고 데마에가 끝났다. 나는 자리에서 일어나 출구까지 물러나 앉은 뒤, 장지문을 열었다.

그 순간, 눈부시게 아름다운 빛이 정원의 동백 잎사귀에 쏟아져 내리며 반짝반짝 빛나는 모습이 시야 가득히 들어왔다.

'아, 봄이다…….'

아직은 기온이 낮고, 복도에서 흘러 들어오는 공기가 서늘하다. 하지만 빛은 한 발짝 먼저 봄에 다가섰다. 그 빛을 보고 마음에도 봄이 찾아온다.

수업이 끝나고 선생님 댁을 나서는데, 오후의 환한 빛이 남아 있었다……. 하늘을 올려다보며 데라시마 씨가 담담하게 말했다.

"이래서 옛날부터 '동지 열흘이면 날이 길어진다'라고 하나 봐."

'동지 열흘' 하고 운율을 맞추는 점이 데라시마 씨다웠다.* 데라시마 씨는 때때로 연극 대사 같은 말을 한다.

동지로부터 열흘이 지나면, 다다미 눈 한 칸 정도씩 해가 길어지기 시작한다.

그러고 보면 작년 연말 무렵에는 새까만 밤길을 걸어서 집에 갔다. 그로부터 한 달 남짓. 같은 시각인데도 벌써 이만큼이나 밝아졌다…….

그 순간 차가운 바람이 스쳐 지나갔다. 그 바람 속에서 한 줄기, 은은하고 달콤한 향기가 느껴졌다.

아, 어딘가에, 매화가 피어 있다…….

---

* 동지 열흘은 일본어로 '도지 도카'로 발음한다.

봄은 아직 멀고

　아침부터 제법 봄 같더니 낮에는 한층 기온이 올라갔다. 계절에 맞지 않게 포근한 날씨라 이대로 진짜 봄이 오는 게 아닐까…… 하고, 무심코 기대하고 말았다.

　하지만 '입춘'이 지나면 다시 한겨울로 돌아간다. 사실은 입춘부터가 가장 혹독한 계절의 시작이라는 걸 뼈저리게 깨닫게 된다.

　다음 날이 되자 달콤한 기대를 깨부수듯 강렬한 한파가 찾아와 기온이 뚝 떨어졌다. 이른 봄에는 난기류에 휩쓸리듯이 기온이 급격히 오르내리며 몇 번이고 여진이 반복된다.

그때마다 생각한다. 한 번 죽은 계절이 다시 살아나기 위해 험난한 길을 통과하는 중이라고.

이맘때면 여기저기에서 연락이 온다.

어제는 취재차 만났다가 친해진 친구에게서 문자메시지가 왔다.

"왠지 몸이 안 좋아. 우울증인가."

그 친구는 얼마 전에 근무처에서 부당한 인사이동을 당했다고 했다. 심혈을 기울여 일한다 해도 회사나 세상이 알아줄 거라고 장담할 수 없다. 마음대로 안 되는 일은 잔뜩 있다.

"생각해보면 항상 눈앞에 닥친 일만 생각하고 효율과 이익을 일순위로 여기며 살아온 것 같아. 하지만 단 하나의 가치관으로는 살아갈 수 없잖아. 좀 더 긴 안목을 가질 수 있으면 좋겠어."

문자메시지에는 그렇게 쓰여 있었다.

고등학교 친구에게서도 연락이 왔다.

"날씨 탓일까? 요즘 마음이 무거워. 뭔가에 손발이 묶여서 옴짝달싹도 못하는 기분이야."

우리는 때때로 지지부진하게 진척되지 않는 상황 속에서

살아가는 데 지치고 만다.

나에게도 해결되지 않은 문제가 여럿 있다. 마음이 옷을 잔뜩 껴입은 것처럼 빵빵해진 기분이 드는 것이다. 나비가 허물을 벗듯이 잔뜩 껴입은 그 옷을 전부 벗어던지고 싶지만, 그럴 수 없어서 답답하고 조바심이 난다.

기분전환을 하고 싶어서 다도 수업 날에 기모노를 입었다.

다도를 막 시작했을 때 엄마가 맞춰준 삼잎 무늬의 흰 명주 기모노에 고동색 오비를 둘렀다. 기모노를 입는 법도 그 무렵에 선생님이 가르쳐주셨다.

"정월에 새해 첫 다회가 있으니까 말이야."

대략적으로 기모노 입는 법과 요령을 배운 뒤, 앞으로는 직접 경험하면서 배워나가면 된다고 듣긴 했지만, 자주 입지 않기 때문에 그다지 능숙하지 않다.

기모노에는 지퍼도 훅도 단추도 없다. 천을 칭칭 두르고 끈을 사용해서 꽉 조이거나 느슨하게 풀거나 하면서 딱 맞게 조절할 뿐이라, 옷단이 너무 길거나 기모노 밑에 받쳐 입는 긴 속옷이 소맷부리로 들여다보이면 맵시가 나지 않는다.

그래도 다도실로 가는 길에 지나가던 할머니가 돌아보며 말을 걸어주었다.

"역시 기모노는 멋지네요."

선생님 댁 현관의 미닫이문을 끼이익, 열면 바로 앞에 있는 신발장 위에 글씨가 쓰인 서화지가 장식되어 있다.

미소

微笑

서화지 옆에는 송이가 크고 새하얀 동백꽃이 피어 있었다. 그 화려한 모습을 보고 '월하미인'이라는 꽃을 떠올렸다.

이미 다도 수업은 시작되어 있었다. 다도실의 장지문이 살짝 열려 있어서 선생님의 모습이 보였다.

"어서 들어오렴. 차를 타던 중이란다."

내 뒤를 이어 하기오 씨가 도착했다.

"선생님, 오늘은 현관에서 꽃이 웃는 얼굴로 반겨주었어요."

"어머나, 그렇게 느껴주었다니 고맙구나. 그 꽃은 오다 노부나가*의 남동생인 오다 유라쿠사이가 좋아하던 동백인데, 소매에 숨기고 집에 가져가고 싶을 정도로 아름다워서 '소데

---

* 일본 전국시대의 무장.

카쿠시'*라고 한단다."

자리에 들어가자 칡기 과자 그릇이 눈앞에 놓였다.

"자, 하나씩 나눠 먹으렴."

두 손으로 과자 그릇을 받아들고 뚜껑을 연 순간, 손이 멈추었다.

"……."

봄날의 화사한 화과자가 아니었다. 검은흙 같은 빛깔의 '시구레만주'**다.

시구레만주란 팥소를 동그랗게 빚어 쪄낸 화과자로, 잘 쪄내면 표면에 자연스럽게 금이 생긴다.

"선생님, 이건……."

"과자 이름은 '시타모에'래."

시타모에란 겨울의 땅속에서 움트기 시작한 새싹을 말한다. 검은흙 같은 시구레만주의 갈라진 틈새로 새싹처럼 밝은 녹색이 살짝 보였다.

그 초록빛을 보니, 언젠가 엄마가 제방의 양지를 보고 "아, 밧케다!" 하고 외쳤던 일이 떠올랐다. 밧케는 엄마가 자란 이

* 소매에 감춘다는 뜻.
** 시구레는 늦가을부터 초겨울에 걸쳐 갑자기 내렸다 그쳤다 하는 비를 뜻한다.

시타모에°

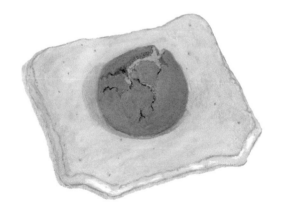

와테 지방 사투리로 머위의 어린 꽃줄기를 말한다.

설원 여기저기서 둥그스름하게 검은흙이 보이기 시작할 때면, 따뜻한 햇볕을 받아 갓 쪄낸 만주처럼 따끈따끈해진 검은흙의 갈라진 틈새로 조그마한 밧케가 얼굴을 내민다.

엄마는 어렸을 때 밧케만 보면 땅바닥에 엎드려서 그 냄새를 맡아야 직성이 풀렸다고 한다.

"엄청 좋은 냄새야. 그게 봄의 냄새라고."

엄마의 황홀한 표정에 나까지 검은흙을 밀어 올리는 밧케를 실제로 본 듯한 기분이 들었다.

"자, 얼른 먹으렴."

"잘 먹겠습니다."

가이시에 덜어놓은 시타모에를 한 조각 입에 넣었다. 시구레만주가 입안에서 스르르 녹아내리며 단맛이 가득 퍼진다.

슥슥슥슥, 삭삭삭삭……

츠츠자완*을 받아들자 두께감이 있어서 묵직한 느낌이 전해져왔다. 차가 무척 뜨거웠다. 후후, 입김을 불어 식혀가며 마시고, 마지막에는 스읍, 소리를 내면서 끝까지 마셨다.

* 입구가 좁은 긴 통 모양의 다완.

"아아……. 맛있어."

후우, 길게 숨을 내쉬었다.

말차가 든 '나츠메'* 정면에 대합조개가 그려져 있었다. 히나마쓰리** 때 장식하는 '조가비 짝 맞추기 놀이'의 대합조개다.

"그러고 보니 이제 곧 히나마쓰리네."

"언제까지 이렇게 추우려나. 이제 무릎이 쑤셔서 말이야."

"무릎 시리지. 빨리 따뜻해지면 좋겠다."

그런 사소한 대화를 멍하니 들으면서, 다완과 함께 다다미 위에 나란히 놓인 나츠메로 시선을 돌렸다. 나츠메의 둥근 곡선이 한 지점에서 반짝, 하얗게 빛나고 있다. 장지문 너머의 빛이 나츠메에 반사된 것이다.

그 빛의 중심을 가만히 바라보고 있자니, 빛살 하나하나가 무지갯빛으로 보였다.

'봄은 여기에 있구나……'

그런 생각이 들었다.

아무 이유 없이 그저 기분이 좋아져서, 저절로 표정이 부

---

* 연하게 타는 말차를 담는 뚜껑 달린 작은 다기.

** 3월 3일, 여자아이의 행복과 장수를 기원하는 명절로 히나 인형과 떡, 단술, 복숭아꽃 등을 히나단에 장식한다.

드러워지며 입가에 미소가 떠오르는 걸 느꼈다.

그다음 날에는 비가 내렸다. 차갑게 얼어붙었던 하늘이 아주 살짝 누그러졌다.

오늘은 '우수'. 눈이 비가 되고, 얼음이 물로 변하는 계절이라고 한다.

경
칩 (3월 6일 무렵)

유채꽃 필 무렵

밤늦게 봄의 폭풍이 불어닥치며 하늘을 찢어놓을 듯한 천둥소리가 계속해서 울려 퍼졌다. 천둥은 새벽녘이 되어서야 그쳤고, 오전 중에는 태양이 얼굴을 내밀었다.

수요일. 오늘은 '경칩'. 겨울잠을 자던 생물이 활동을 개시하는 시기다. 그러고 보니 봄날의 천둥이 동면하는 생물을 깨우는 거라는 이야기를 들은 적이 있다.

신기하게도 매년 이 시기에 우리 집 현관문을 열면 희미하게 물 냄새가 난다. 그런 날에는 창고에 놔둔 화분 그늘에서 두꺼비가 느릿느릿 모습을 드러낸다. 그럴 때 24절기와 우리 집의 계절이 꼭 맞아떨어진다.

오후가 지나, 다시 강한 바람이 불어오는 가운데 다도 수업에 갔다.

툇마루에 정좌하고 쓰쿠바이에서 손을 씻어야지 하며 문을 연 순간, 눈이 부셔서 깜짝 놀랐다. 쓰쿠바이의 수면에서 빛이 춤추고 있었다.

졸졸졸…….

물받이 끝에서 가늘게 흘러내리던 물소리도, 오늘은 무척이나 부드럽게 들린다.

정원수 사이에 피어 있는 노란 꽃은 가지복수초다. 시선을 들자 풍년화도 산수유도 꽃이 한창이다. 봄은 노랗다. 어제 전철에서 본 다마강의 제방도 유채꽃으로 노랗게 물들어 있었다.

어디선가 바람이 불어오나 보다. 매화의 흰 꽃잎이 툇마루에 떨어지고 있다. 누군가 걸어갈 때마다 기모노의 옷자락이며 흰 버선의 움직임이 꽃잎들을 부채질한다. 꽃잎이 나비처럼 나풀나풀 뒤따라간다.

다도실 안도 조명을 비춘 듯이 밝다. 천장을 올려다보니 한쪽 구석에 쓰쿠바이 수면의 빛이 반사되어 둥글게 반짝반짝 빛나고 있다.

미즈야의 선반에 화과자 꾸러미가 놓여 있었다.

"과자를 보기 좋게 담아 오렴."

"네."

꾸러미를 풀자 은은하게 달콤한 냄새가 났다. 만주였다. 하얀 표면 위에 오리베야키*의 유약 같은 녹색이 어우러져 있고, 그 위에 크고 작은 한 쌍의 고사리무늬가 사이좋게 마주 보고 찍혀 있었다.

뚜껑 달린 칠기 과자 그릇 속에 손님 수만큼 만주를 나란히 놓으며, 처음 과자 다루는 법을 배웠을 때를 떠올렸다.

다도 수업을 다니기 시작하고 일 년째. 선두에 앉는 정객은 물론이고 '말객'에게도 역할이 있기 때문에 나는 끝에서 두 번째 자리에 앉아 있었다.

커다란 과자 그릇이 정객부터 순서대로 돌아가고 손님들은 조장나무 젓가락으로 과자를 하나씩 덜어간다……

내 차례가 됐을 때 과자 그릇 속에는 하얀 만주가 두 개 남아 있었다.

---

* 일본 다도를 정립한 센노 리큐의 제자인 후루타 오리베가 창시한 도예 기법으로 청록색 유약을 사용하는 것이 특징이다.

정중앙에 하나. 그리고 저쪽 구석에 또 하나…….

나와 '말객'인 사람 몫이다.

가운데 있는 만주에 젓가락을 뻗었을 때였다.

"그럴 때는 말이지……."

선생님의 목소리가 나를 가로막았다.

"가운데 걸 남기는 기란다."

"……네?"

"마지막 과자가 정중앙에 남아 있도록 다른 걸 집으렴. 제일 가운데가 남아 있으면 마지막 손님에게 과자가 돌아갔을 때 '남은 것'을 먹는다는 느낌이 들지 않잖니?"

"……."

듣고 보니 그릇 한구석에 외따로이 놓여 있는 만주는, 아무리 봐도 '남은 물건'이다. 하지만 똑같은 마지막 하나라도 정중앙에 있으면 그릇까지도 다 마지막 사람을 위해 준비된 것처럼 보인다.

고작 만주 하나인데도 놓인 위치에 따라서 의미까지 달라지는 것이다.

과자 하니까 또 생각났는데, 선생님이 자주 하셨던 말씀이 있다.

"히가시를 쌓는 건 어려워."

히가시란 와산본*이나 라쿠간**, 센베 등 수분이 적은 마른과자를 말한다. 다도에서는 네리키리***나 만주 같은 생과자는 진한 차, 히가시는 연한 차와 함께 먹는다.

'히가시를 쌓는다'는 건 쟁반 위에 히가시를 가득 담는 것을 말한다.

선생님이 내오는 히가시 쟁반 위에는 언제나 자연스럽게 히가시가 담겨 있었다. 어렵다고 하시긴 했지만, 그런 것 치고는 대수롭지 않아 보였다.

'흐음…… 이 정도라면 할 수 있을 것 같은데.'

그러던 어느 날, 선생님께 "히가시를 담아 오렴" 하는 말을 듣고 상자에 들어 있던 라쿠간을 과자 쟁반 위에 놓아보았다.

그런데…… 뭔가 이상했다. 과자를 쌓아올리자 히가시가 각을 잡고 정렬한 것처럼 보였다. 방향을 바꿔봤지만 그건 또 그것대로 어딘가 작위적이었다. 도미노 내지는 집짓기 놀이처럼 되고 말았다.

형태를 흐트러뜨려서 자연스럽게 보이려고 했더니, 마구 흩어져서 너저분해 보였다.

---

* 전통식으로 제조되는 고급 설탕.
** 고급 설탕을 틀에 넣고 굳혀서 만든 과자.
*** 착색한 팥소로 모양을 낸 화과자.

초조한 마음으로 몇 번이나 다시 쌓는 동안, 부서진 가루가 검은 쟁반에 마구 흩어져서 주변이 희끗희끗하게 더러워졌다. 휴지로 닦아내려고 하자 라쿠간이 더욱더 부서져서 더 이상 어떻게 하면 좋을지 알 수 없어졌다. 시간은 계속 흘러갔다.

"어때, 다 됐니?"

"아직이요!"

"후후후…… 해보니까 어렵지? 간단해 보이는 것일수록 어려운 법이란다. '히가시를 잘 쌓게 되었을 때 비로소 어른이 된다'라는 말도 있을 정도니까 말이야."

선생님이 웃으셨다.

이 계절이면 선생님이 자주 내주시던 히가시가 있다. 네모난 판 모양의 라쿠간인데 눈이 번쩍 뜨일 만큼 선명한 노란색이다. 그 노란색 판 여기저기에 점점이 작고 하얀 것이 보였다. 자세히 보니 쌀과자 같은 것이었는데 작은 팝콘처럼 벌어져 있었다.

"마쓰에 시에서 파는 과자인데 '나타네노사토*'라고 한단다."

---

*   유채꽃 마을이라는 뜻.

나타네노사토°

그 말을 들었을 때 끝없이 펼쳐진 유채꽃밭이 머릿속에 떠올랐다. 그런데 곳곳에 점점이 보이는 이 싸락눈 같은 하얀 쌀은 뭘까.

"……."

한참이 지난 다음에야 나는 "앗!" 하고 무릎을 쳤다. 노랑 일색의 유채꽃밭 곳곳을 하얀 나비가 나풀나풀 어지럽게 날아다니는 광경이 눈에 선했다.

"배추흰나비다!"

선생님은 이 네모난 라쿠간을 나눌 때 절대 칼을 사용하지 않는다. 모양이 고르지 않게 나오도록 일부러 손으로 대충 나눈 뒤 멋스럽게 쟁반에 담는다.

버들은 푸르고 꽃은 붉다

일 년 가운데 일조시간이 가장 짧은 '동지'를 출발점으로 시작되는 24절기의 순환은 일조시간이 가장 긴 '하지'에서 방향을 되짚어 동지로 돌아간다. 그 왕복의 중간점에 밤낮의 길이가 같아지는 날이 두 번 있다. '춘분'과 '추분'이다.

꽃망울을 막 터뜨린 벚꽃에 비단실 같은 비가 촉촉이 내리고 있었다. 벚꽃이 피었다는 소식을 알리는 개화 선언이 있었기 때문인지, 거리의 공기가 술렁이고 있었다.

업무 관련 회의를 마치고 돌아가는 길에 지하철 문 쪽 자리에 앉아 있었더니, 비에 젖은 우산을 들고 들어온 사람에게서 어렴풋이 천리향 향기가 났다.

그 순간, 갑자기 마음이 불안해졌다⋯⋯.

어떤 감정인지 알고 있다. 이 계절이 오면 어김없이 늘 그렇다. 이 달콤한 향을 미주하면 왜 그런지 갑자기 불안해진다. 몇 년 전에야 겨우 그 이유를 알아챘다.

어렸을 때, 3월이 되면 늘 마음이 혼란스러웠다.

졸업, 진학, 진급. 이별의 쓸쓸함과 새로운 환경에 대한 기대와 불안감. 그런 감정과 천리향 향기가 언제나 한데 뒤섞여 있었다. 수십 년이 지나도 천리향의 그 달콤한 향기는 그 시절의 마음 둘 곳 없는 불안함을 되살아나게 한다⋯⋯.

춘분이 지난 뒤 수요일 오후, 다도실에 가자 학처럼 가늘고 긴 꽃병에 담긴 중국패모가 바람에 한들거리고 있었다. 그물눈 무늬를 한 종 모양의 꽃이 다소곳하게 고개를 숙인 채 피어 있었다.

꽃병에서 시선을 들자, 네 글자가 쓰인 족자가 눈에 들어왔다.

유록화홍

柳綠花紅

"아……."

그 족자에는 추억이 서려 있었다.

"오랜만에 걸어봤단다. 그리웠지?"

"……네."

다도를 막 시작했을 무렵, 함께 다도를 배우던 사촌과 여기서 이 족자를 처음 봤다.

평소에는 뭐라고 쓰였는지 모를 때가 많은데, 이 네 글자는 바로 읽을 수 있었다.

"버들은 푸르고 꽃은 붉다."

"응, 그렇지."

우리는 얼굴을 마주 봤다.

"……말 그대로잖아."

"뭐야, 단순하기는!"

"아하하하하……."

한번 웃음이 터지자, 더더욱 우스워져서 눈물이 나올 정도로 웃었다.

"정말이지, 낙엽만 굴러가도 웃는 나이라더니."

선생님은 그런 우리를 꾸짖지 않고 가만히 지켜보기만 하셨다.

내가 그 문구를 다시 들은 건 그 후로 이십여 년이 지나 대학 동창인 간을 만났을 때였다. 유파는 다르지만, 간도 학창 시절부터 다도를 배우고 있었다. 간이 다도 선생님이 되어 대학 동아리에서 학생들을 가르친다는 이야기는 소문으로 들어 알고 있었다.

"얼마 전에 다도 수업을 하면서 '유록화홍' 족자를 걸었어."

"아, 그거……."

마침 3월이었다. 버들은 푸르디푸르게 바람에 너울거리고, 꽃은 선명한 색깔로 피어나는 계절이니까……. 그래서라고 생각했다.

그런데 간은 이렇게 말했다.

"졸업하고 사회인이 되는 아이들을 위해서였어."

"……응?"

"사회에 나가면 벽에 부딪칠 일이 많잖아. 그럴 때는 아무래도 다른 사람이 훌륭해 보이기 마련인걸. 졸업하고 어느 정도 시간이 지나면, 다들 나다운 것을 부정하고 내가 아닌 것이 되려고 해……. 하지만 버들은 꽃이 될 수 없고, 꽃도 버들이 될 수 없어. 꽃은 어디까지나 붉게 피어나면 되는 거고,

버들은 어디까지나 푸르게 우거지면 되는 거야."

　나 역시도 몇 번이나 그런 적이 있다. 나 같은 건 착실하다는 것 말고는 아무 장점도 없는, 시시한 인간인 것만 같아 견딜 수 없었다. 주위 사람들은 다들 강하고 아름답고 빛나 보였다. 스스로를 바꾸고 싶어서 닥치는 대로 책을 읽으며 나를 변화시키려 했다. 하지만 결국에는 그런 나에게 지쳐서 녹초가 될 뿐, 어떻게 해야 좋을지 끝끝내 알 수 없었다.

　그런 과정을 몇 번이나 되풀이하다가 어느 날 문득 이런 생각이 들었다.

　'아마도 이런 내 성격은 변하지 않을 거야. 아무리 고민해도 바뀌지 않는 거라면, 이대로 가만히 지켜보자. 바뀌지 않는 걸 억지로 바꾸려 하지 않아도 돼.'

　"꽃은 붉게 피면 되고, 버들은 푸르게 우거지면 돼."

　간의 그 말을 듣고, 그때의 내 모습을 떠올렸다.

　버들은 푸르고, 꽃은 붉다.

　그날 이후로 그 문구를 좋아하게 됐다. 지금도 다른 사람이 빛나 보일 때, 내가 나답지 않은 모습이 되려고 할 때, 그 말을 떠올린다.

　도코노마의 족자를 올려다보며 나직이 말했다.

"참 좋네요……."

그러자 선생님이 빙긋이 웃으셨다.

"정말 그렇지?"

그날 숯 데마에에서는 쪽빛 무늬의 '스미다가와' 향합을 사용했다. 사각형 도자기 뚜껑에는 스미다강 위에 있는 다리를 표현한 '손잡이'기 대각선 방향으로 달려 있고, 수양버들과 강물 위를 오가는 배가 그려져 있었다.

나츠메에는 바람결에 흔들리는 버들가지. 다완에는 만개한 벚꽃. 스읍, 소리를 내서 말차를 끝까지 마시고 무릎 앞에 내려놓으니, 빈 다완 바닥에도 벚꽃이 한 잎, 그려져 있었다.

사락사락, 차선을 씻는 소리가 시냇물 흐르는 소리처럼 들렸다.

데마에가 끝나고 장지문이 열렸다.

"날씨가 좋아졌네요!"

후카자와 씨가 기분 좋은 듯 외쳤다.

"장지문을 열 때마다 사아아, 하고 서늘한 바람이 불어오는데, 덥지도 않고 춥지도 않아요. 오히려 문을 열면 상쾌할 정도예요."

수업이 끝나고 선생님 댁 문을 나서는데, 놀라울 정도로

스미다가와 향합.°

하늘이 밝았다.

환한 하늘 아래, 귀로는 들리지 않는 거리의 술렁거림이 샴페인 기포처럼 솟아나서 드디어 활동하는 계절이 시작됐다는 게 확실히 느껴졌다.

아직 날은 길다…… 어쩐지 두근두근하다.

무언을 주고받다

맑음. 기온도 높다. 드디어 본격적인 봄이다. 오후에 다도
수업에 갔다.

쓰쿠바이의 물소리가 완전히 둥글어져 있었다. 히샤쿠로
물을 뜨다가 정원 구석에 살그머니 피어 있는 제비꽃을 발견
하고, 무심코 입가에 미소를 띠었다.

다도실에 들어가 족자를 바라봤다.

흐르는 맑은 물은 멈추지 않는다
淸流無間斷

끊임없이 흐르는 시냇물처럼 늘 움직이는 것은 정체되지 않아 맑다고 한다.

도코노마의 장식 기둥에 걸려 있는 우아한 비파색의 하기야키* 꽃병에는 보라색 과꽃 한 송이가 들어 있었다. 공조팝나무의 가느다란 가지도 맵시 있게 곁들여져 있었다.

가마는 '츠리가마'로 바뀌어 있었다. 츠리가마는 봄에 쓰는 가마로 다실 천장에 사슬을 매달아 걸어놓고 쓴다. 가마 뚜껑을 열고 닫을 때마다 사슬이 희미하게 흔들렸다.

"화로의 계절도 얼마 남지 않았네요."

"정말 그러네. 다음 달이면 벌써 풍로의 계절이야."

그 뒤로는 고요한 시간이었다.

모두가 집중하고 있었다. 말하지 않아도 '마음의 소리'가 들리는 기분이었다.

데라시마 씨와 하기오 씨는 다도 경력이 오십 년을 넘는다. 아무 말 하지 않아도 기척이나 발소리, 한순간 주고받는

---

* 하기 시에서 생산되는 일본의 3대 도자기 중 하나이며, 사용할수록 차와 술이 스며들어 도자기 색이 변하는 것으로 유명하다.

시선을 통해 흐름을 나아가게 할 수 있다.

'시작할까요?'

'가죠!'

'그럼 모두 다 같이 갈까요?'

'네!'

솔바람 소리 속에서, 그런 무언가가 오가며 방 안의 공기가 한곳으로 집중되거나 동시에 다른 방향으로 향하거나 두둥실 퍼져나가며 온화해지는 것을 느낀다.

"말로 하는 것과 마찬가지야."

데마에가 끝난 뒤 옆에 있던 유키노 씨가 중얼거렸다.

그렇다. '기분 탓'이라거나 '잘못된 확신'이 아니다.

우리는 흔히 '말로 하지 않으면 모른다'고 말한다. 그런 반면 말하지 않아도 전해지는 것도 있다. 공기 중에 떠다니는, 말로 표현할 수 없는 무수한 말. 입 밖으로 나오지 않는 수많은 목소리. 아무 말 하지 않아도, 그저 함께 있는 것만으로도 전해지는 따뜻한 공기.

아마 사실은 모두가 일상에서 느끼고 있는 것들이리라. 이를테면 대화를 할 때, 실제로 나눴던 말보다 그 후에 계속된 침묵 쪽이 본심을 전하는 경우가 있다. 아주 희미한 머뭇거림, 목소리의 떨림, 한순간 숨을 멈추었을 때의 그 느낌 쪽이 말보다 더 큰 의미를 담고 있기도 하다. 무거운 공기, 따뜻한 공기. 침묵 속에 무수한 말이 가득 차 있는 것을…….

그런 시간을 보낸 뒤에는 말을 주고받지 않았는데도 어쩐지 이야기를 잔뜩 나눈 것 같은 충만함이 느껴진다.

"누가 다시 한번 데마에를 해보렴."

"선생님, 연습 순서는 다 돌아갔어요."

"그러니? 물 온도도 딱 좋은데, 누가 연한 차를 사락사락 타보지 않겠니? 과자도 아직 남았지? 좀 가져오고."

과자 쟁반 위에 작은 벚꽃 모양을 한 흰색과 분홍색의 라쿠간과 밀기울을 구워 만든 과자가 놓여 있었다.

"자, 둘 다 집으렴."

벚꽃 라쿠간을 한입 깨물었다. 바삭, 과자가 부서지고 매끄러운 갈분이 혀에서 사르르 녹으며 은은한 단맛이 퍼진다. 구운 밀기울 과자는 공기처럼 가볍고 식감도 바삭하다. 고소한 향이 살짝 코끝을 스쳤다.

"삭삭삭……."

둥근 창에 벚꽃이 그려진 다완이 앞에 놓였다.

나는 진한 차의 농후한 맛이 좋다. 특히 팥소가 든 화과자를

둥근 창 벚꽃 그림 다완°

먹은 뒤 마시는 진한 차는 풍미가 가득해서, 마치 게장이나 푸아그라 같은 농밀함이 느껴진다.

하지만 이렇게 산뜻하게 탄 연한 차도 맛있다. 든든한 프렌치 요리도 가볍게 먹는 오차즈케*도 저마다 좋은 것이다.

스읍, 소리를 내서 차를 마시고 후우, 숨을 내쉬고 눈앞에 펼쳐진 정원을 바라본다.

바깥은 아직 밝다. ……하지만 실내는 벌써 그늘이 지기 시작했다.

"선생님, 불을 켤까요?"

유키노 씨가 자리에서 일어서는데 선생님이 만류했다.

"이대로 있자. 모처럼 어스름 녘이니까."

'어스름 녘'이란 날이 저물거나 동이 트기 전, 저편에 있는 사람이 누구인지 알아볼 수 없을 만큼 어둑어둑한 시간을 뜻한다.

감미로운 시간이었다. 모두의 윤곽이 부옇게 흐릿해져 녹아들어 있었다. 수업에 집중한 다음이라 그럴까, 어쩐지 마음의 거리가 가까워진 기분이 들었다.

*　우려낸 녹차에 밥을 말아 간편하게 먹는 일본 가정식.

그러고 나서 다 함께 뒷정리를 하고 헤어졌다.

"선생님, 감사했습니다."

"조심히 가세요. 잘 가요."

"네. 다음 주에 뵙겠습니다."

이렇게 좋은 분위기 속에서 함께 시간을 보낸 날은, 헤어질 때 마음속으로 아쉽고도 안타까운 기분이 스쳐 지나간다.

'아아, 이렇게 좋은 시간을 또 보낼 수 있을까.'

벚꽃, 벚꽃, 벚꽃

텔레비전에서 연일 '꽃구경'을 다루고 있다. 벚꽃이 만개한 뒤 벌써 일주일이 지났다. 일기예보에 따르면 오늘 밤 한 차례 비가 온다고 한다.

"오늘이 마지막 기회입니다."

'마지막 기회'라는 그 말에 마음이 흔들렸다.

원고 마감을 비롯해 해야 할 일이 겹쳐서 올해는 꽃구경을 가지 못했다…….

멀리서 친구가 왔는데 한 번도 만나지 못한 채, 돌아갈 날이 됐는데도 배웅하러 나가지 못하는 느낌. 그런 쓸쓸함과 비슷했다.

보러 가고 싶다. 하지만 갈 수가 없다.

"내년에 보면 되니까" 하는 말로 스스로를 단념시키고 이층으로 올라갔다. 책상을 향해 걸어가다가 문득 창밖 풍경에 시선이 멈추었다. 주택가 지붕 저편이 은은한 분홍빛으로 자욱했다.

그때 가슴속에서 또렷한 목소리를 들었다.

'꽃도 보지 못하고, 무엇을 위해 사는가.'

벌떡 일어나 서둘러 준비를 하고 전철을 탔다.

야경 명소인 메구로강은 마치 눈이 내리는 듯한 풍경이었다. 제방의 검은흙이 꽃잎으로 온통 새하얗게 덮여 있었다. 꽃이 가득 피어 있는 나뭇가지는 눈을 잔뜩 뒤집어쓴 듯 무거워 보였고, 겹겹이 포개진 나무 그늘 밑으로 천천히 인파가 움직였다.

고개를 들면 하늘을 가득 메우는 벚꽃의 천장. 가도 가도 벚꽃이었다. 다리 위에서 내려다보는 강 수면은 벚꽃 잎으로 하얗게 덮여, 조각조각 꽃 뗏목이 되어서 흘러간다.

매년 똑같은 벚꽃인데도 볼 때마다 심금을 울리는 무언가가 있다.

그날 밤, 일기예보대로 비가 왔다.

"벚꽃도 이제 끝이구나."

창문을 두드리는 큰 빗방울에 엄마가 중얼거렸다.

이틀 뒤, 쇼핑을 가려고 집을 나섰는데, 집 앞 언덕길에 바람이 불어 하얀 꽃잎이 이리저리 날리고 있었다.

편의점에 들렀더니, 꽃잎이 바람을 타고 발자국을 따라 가게 안까지 들어왔다.

건널목 앞에서 전철이 지나갈 때, 꽃잎이 일제히 하늘 높이 여행을 떠났다. 무수한 꽃잎이 눈보라처럼 춤추며 올라갔다. 안녕, 하는 작은 속삭임이 여기저기서 들려오는 기분이 들었다.

꽃이 한창인데

요즘 들어 위가 조금 아프다. 원인은 알고 있다. 며칠 전에 지인과 문제가 생겼다.

그 사람은 내게 사과했지만, 그래도 참을 수가 없어서 시종일관 가시 돋친 태도로 대하다가 "널 믿을 수 없어" 하고는 관계를 끊어버렸다.

그날 밤 갑자기 위가 아파왔다. 감정을 발산해서 후련해지기는커녕 상대를 향한 가시 돋친 태도에 나 자신이 상처 입었다.

그 사람 때문에 피해를 입기도 했고 나에게 거짓말한 것도 싫었지만, 필사적으로 사과하는 사람을 향해 나는 사정조차 듣지 않고 갑이라도 된 듯 비난한 것이다.

어째서 좀 더 그릇이 큰 사람이 되지 못하는 걸까…….

자기혐오의 상처가 욱신욱신 아프다.

내 마음을 치유해준 것은 뜻밖에 도착한 메일 한 통이었다. 반년 전, 나가사키의 숙소에서 만났던 사람이 보내온 거였다. 둘 다 여행지에서 만났던 터라 부담 없이 마음을 열고 이런저런 이야기를 나누고 메일 주소를 교환한 뒤 헤어졌다.

반년 만에 온 그 사람의 메일에는 이렇게 쓰여 있었다.

"그때 당신이 해준 한마디에 구원받았습니다. 고마워요!"

그때 그가 무슨 이야기를 했는지, 내가 무슨 말을 했는지는 기억나지 않는다. 하지만 그 한 줄에 그만 눈물이 왈칵 쏟아졌다.

나도, 다른 사람을 구했던 것이다…….

그리고 그 사람의 말에 이번에는 내가 구원받았다.

얹힌 것처럼 답답했던 속이 거짓말처럼 싹 나았다.

어제는 사람 때문에 상처받고, 오늘은 사람 덕분에 구원받는다.

사람의 마음은 바람에 흔들리는 갈대 같다.

따뜻한 비가 계속 내렸다. 그 비가 마치 계절을 구분하는 장막 같다는 생각이 들었다. 이 비로 인해 풀과 나무는 한층 더 무성해질 것이다. 비가 그친 다음부터가 본격적인 봄의 시작이다. 이제 다시 추워지는 일은 없을 것이다.

자도 자도 계속 잠이 쏟아졌다. 빗소리를 들으며 정신없이 잤다. 겨울 동안 쌓인 피로가 녹아내리는 걸 느꼈다……

언젠가 아침에 일어났더니 우리 집 작은 정원이 백화요란*한 상태가 되어 있었다. 철쭉 가득한 곳에서도 빨강과 분홍의 꽃들이 고개를 내밀어 마치 장식용 꽃등처럼 보였다.

흔히 칼라로 알려져 있는 산부채나 꽃창포처럼 생긴 독일 붓꽃도 피기 시작했다.

집 근처를 걷다 보니 겹벚꽃이 활짝 피어 있었다. 해당화, 황매화, 꽃산딸나무, 등나무, 은방울꽃…….

수요일 오후. 여름 같은 하늘 아래, 평소보다 조금 일찍 수업에 갔다.

땀이 배어나는 걸 느끼며 문에 들어서자, 나뭇잎이 무성히

---

*   온갖 꽃이 일제히 화려하게 만발한 모습.

우거진 정원에 선생님이 서 계셨다. 연노란색 명주 기모노에 황토색 오비. 다듬가위를 들고서 도코노마에 장식할 꽃을 자르시려던 참이었다.

정원에 점점이 놓여 있는 징검돌을 건너 선생님과 함께 정원 안쪽으로 들어갔다.

젊었을 때는 일본식 정원의 '징검돌'이 그저 신발을 신흙으로 더럽히지 않기 위해 존재한다고 생각했다. 하지만 지금은 인간의 발을 더럽히지 않는 것은 물론, 풀이나 이끼를 다치지 않도록 하면서 초목의 영역으로 들어가기 위한 평화적 중립지대라고 생각하게 됐다.

다실에 딸린 자그마한 정원은 마치 낙원 같았다.

발밑에는 도사물나무의 노란 꽃송이가 점점이 떨어져 있고, 나무에는 주름치마처럼 접힌 새잎이 아름답게 펼쳐져 있었다.

하늘을 올려다보면 감나무 잎사귀 사이로 아른아른 빛이 새어 들어온다. 소나무 새싹은 하늘을 향해 뾰족뾰족 자라나 있고, 지면은 이끼에 소복이 덮여서 마치 녹색 융단 같다…….

"새우난초도 정향풀도 진황정도 윤판나물아재비도 모두 일제히 피어났구나……."

그렇게 말하며 선생님은 하얗고 작은 꽃이 한데 모여 핀

봄 화초가 그려진 금박 세공 대나무 히라나츠메^{*°}

* 일반 나츠메보다 좀 더 납작하게 생긴 나츠메.

분단나무 가지 하나를 다듬가위로 자르셨다.

분단나무 가지를 대나무 꽃병에 넣어 도코노마에 놓았더니, 방 안에 바람이 지나갔다.

족자를 바라봤다.

바람은 꽃을 스치며 향기를 발한다
風従花裏過来香

원래 아무 향도 없는 바람이 꽃들 사이를 스치고 지나가면 꽃처럼 향기를 발한다……

장지문을 활짝 열어둔 다도실의 툇마루 너머로 정원의 녹음이 펼쳐져 있다.

"와아, 예쁘다!"

우리는 누구랄 것 없이 정원을 보며 탄성을 질렀다.

"꽃이 한창이구나."

"굉장하다……. 아무도 가르쳐주지 않았는데 매년 제대로 꽃이 피는 거잖아."

봄이 되면 곳곳에 새싹이 나고 일제히 꽃이 핀다. 누구나 어릴 때부터 당연하게 여기며 살아간다.

하지만 어느 날, 눈부신 새싹을 보고 불현듯 깨닫는다.

우리가 이토록 신비한 일에 둘러싸여 있으면서도, 그걸 신비롭다고 생각하지도 못한 채 살아가고 있다는 것을…….

여름

계절 속에 있으면
다 괜찮아

바람의 파도 소리

"오키나와에서는 오늘부터 장마가 시작됐습니다."

뉴스에서 일본 최남단 오키나와의 장마 소식을 알린 날, 북쪽의 홋카이도에서는 벚꽃이 피었다고 한다. 긴 일본 열도에는 '꽃의 시차'가 있다.

멋진 일이다. 도쿄에서 꽃구경을 못 했다면 홋카이도로 뒤쫓아 가면 된다. 시간을 따라잡을 수 있는 것이다.

수요일, 맑음. 가벼운 홑겹 기모노를 입고 땀을 흘리며 다도 수업에 갔다.

공원 옆을 지나는데 바람이 불며 커다란 느티나무에서 쏴아아, 파도 치는 듯한 소리가 울렸다. 그 순간, 배의 돛처럼 마음이 바람을 품고 푸른 하늘을 향해 크게 부풀어 올랐다. 바람을 타고 넓은 장소로 날아가고 싶다는 생각이 들었다. 요즘 들어 구름이 끼어 있던 기분이 단번에 맑게 갰다. 바람이 계기를 만들어주었다.

오늘부터 다도실에는 여름이 시작된다. 다도에서는 24절기의 '입하' 무렵에 '화로'에서 '풍로'로 실내 배치를 바꾼다.

11월부터 4월까지 사용하는 화로는 작은 이로리*라고 할 수 있다. 이로리에 가마를 놓고 뜨거운 물을 끓이며, 손님들이 둘러앉아 온기를 나눈다.

하지만 여름철에는 불에서 멀어지고 싶기 마련이다. 그래서 화로를 치운다.

화로를 치운 다도실은 전보다 훨씬 넓어 보인다. 화로 대신 한쪽 구석에 풍로가 자리를 잡고 있다.

풍로는 물을 끓이는 도구다. 바깥쪽에서는 안쪽의 불이 보

---

* 실내 바닥을 네모난 모양으로 도려낸 다음 재를 깔고 그 위에 불을 지필 수 있게 장치한 공간.

이지 않으며 열이 주위로 분산되지 않는다. 형태도 소재도 다양한데, 이날은 청동 풍로에 둥그스름한 가마가 걸려 있었다.

정원 쪽 장지문은 활짝 열려 있었다. 쓰쿠바이의 물소리가 평소보다 가깝게 들렸다. 울창한 나무가 그늘을 드리워 여름의 정원은 어둡다. 겹쳐진 나뭇잎의 작은 틈새로 별처럼 빛이 반짝인다.

다도실에 들어가 도코노마의 족자를 봤다.

본래무일물

本来無一物

예전에 본 적 있는 족자였다.

이 문구를 평범하게 읽으면 '원래 아무것도 가지고 있지 않다'라는 의미로 보인다. 하지만 해설집에는 '만물은 실체가 없고 공空에 지나지 않으므로, 집착해야 할 대상은 무엇 하나 없다는 뜻'이라고 나와 있어 잘은 모르겠다.

잘 모르겠는데도 이 족자를 바라보고 있으면 마음이 개운해진다. 시야가 열리며 용기가 솟는다.

"어떤 족자로 할까 고민했는데, 오늘부터 풍로로 바꿨으니 씩씩하게 기개를 보이면 좋을 것 같았단다."

선생님이 빙긋 미소를 지었다.

그다음으로 꽃을 바라봤다. 가붓하고 경쾌한 여름의 대바구니에 보라색 바람개비처럼 생긴 위령선이 피어 있었다.

"그럼 누구부터 연습해보겠니?"

"……."

다들 눈치를 살피며 "먼저 하세요" 하고 서로 양보할 뿐 선뜻 나서지 않는다. 아무리 오래 수업을 들어도 화로에서 풍로, 또는 풍로에서 화로로 막 바뀌었을 때는 데마에를 할 때 헤맨다. 다구의 배치도 순서도 완전히 달라지기 때문이다.

"그러면 제가 숯 데마에를 해보겠습니다."

결국 학생회장 격인 데라시마 씨가 나섰다.

"완전히 잊어버린 것 같긴 하지만요……."

데라시마 씨가 변명을 하자 선생님은 늘 하는 소리를 하셨다.

"잘하면 굳이 연습하지 않아도 돼. 못하니까 연습해야 하는 거야!"

두 사람의 대화에 쿡쿡 웃으며 마음속으로 생각했다. 나이가 든 어른이 자신의 서툰 모습을 남에게 드러낼 수 있는 장소가 있다는 건 행복한 일이다. 사회에서는 모두가 실수를 두려워하고 약점을 보여서는 안 된다며 단단한 갑옷을 두르고 살아간다.

하지만 이곳에서는 몇 살이 되어도 그저 한 사람의 학생일 뿐이다. 선생님에게 주의를 받고 실수를 바로잡으면서 데마에를 반복한다. 몇십 년을 계속해도 끝나지 않는다. 데마에는 계절마다 달라지고, 높은 단계로 가면 더 높은 단계의 데마에가 있다.

완벽한 데마에에 이르는 일은 아마 없을 것이다. 우리는 불완전하고 실수하는 생명체이므로.

하지만 어쩌면 실수가 있기에 자유로울 수 있는 건지도 모른다.

데라시마 씨의 숯 데마에가 끝나고 유키노 씨가 진한 차 데마에를 하게 됐다.

"유키노 씨, 냉장고에 과자가 있는데 갖고 와줄래요?"

"네."

과자 그릇은 유백색 바탕에 고상한 띠 문양의 테두리 장식이 있는 '시로사쓰마'*였다. 겨울에는 따뜻하게 느껴지는 나무 칠기를 사용하지만 입하가 지나면 도자기로 바꾼다.

---

*   흰 흙으로 만든 도자기로 옛날에는 영주 등 상류층이 사용했다.

냉장고에서 차게 식은 그릇의 표면이 서늘해서 기분 좋다. 뚜껑을 여니 푸른 조릿대 잎으로 돌돌 만 길쭉한 떡이 들어 있었다.

"……어?"

"'지마키'란다. 친구가 교토에서 사다 준 거야."

단오 명절에 관동 지역에서는 남자아이의 건강한 성장을 기원하며 떡갈나무 잎으로 싼 가시와모치를 먹지만, 관서 지역에서는 조릿대 잎으로 싼 지마키를 먹는다고 한다.

조릿대 잎을 벗기자 젖은 조릿대 냄새가 났다. 안에는 갈분으로 만든 반투명하고 길쭉한 떡이 들어 있었다. 입에 넣었더니 차갑고 달짝지근하며 탱탱한 식감이 산뜻했다.

하기야키의 차이레*, 입구가 넓은 청자색 여름 다완.

보기만 해도 시원한 파란색 물 항아리의 큼지막한 입구에는 검은 광택이 나는 칠기 뚜껑이 달려 있었다. 그 뚜껑을 열면 파란 물 항아리의 널찍한 수면이 시야에 들어온다.

"……."

다다미방에서 눈앞에 펼쳐진 수면을 바라본다.

그 순간, 초등학교 때 풀장의 푸른 물을 보며 느꼈던 여름의

---

* 말차를 담는 그릇의 일종으로 연한 차에는 나츠메를 사용하고 진한 차에는 차이레를 사용한다.

탁 트인 느낌이 가슴속에 퍼져나갔다.

수업이 끝나고 돌아가는 길, 사진가 호시노 미치오 씨의
사진전을 보러 백화점에 들렀다. 알래스카의 웅장한 대지 사
진과 몇 마디 문장 앞에서 발을 멈추었다.

"시간은 끝없는 저편으로 흘러가는 존재지만 순환하는 계절을
통해 분명하게 느낄 수 있다. 자연이란 어쩌면 이토록 멋진 배려
로 감동을 주는 걸까. 일 년에 한 번, 아쉬움을 남기고 지나가는
데 이 세상에서 몇 번이나 다시 만날 수 있을지, 그 횟수를 헤아
리는 것만큼 인간의 일생이 얼마나 짧은지 깨닫게 되는 일도 없
는 것 같다."

《여행하는 나무》, 호시노 미치오 지음

그렇다. 계절은 언제나 아쉽게 지나간다.

사실 그 밖에도 가슴을 울리는 말이 몇 가지 더 있었다. 하
지만 이날은 이 한 구절만 메모해 왔다.

오늘은 이걸로 충분하다. 욕심 내지 않아도 괜찮다……. 오
늘은 오늘 감동한 것만으로도 좋은 법이니까. 그것이 '만남'
이다. 수많은 존재 중에서 내가 만난 것만 가지고 돌아간다.

푸른 단풍 채색 다완°

장마 가까이

수요일. 며칠째 밖으로 한 발짝도 나가지 않고 집에 틀어박혀 원고를 썼다. 같은 자세로 컴퓨터 화면만 계속 쳐다봐서 그런지 어깨가 심하게 결렸다.

오후가 되었다. 흐린 하늘 아래 다도 교실로 향했다.

바깥을 걷는 건 오랜만이었다. 공기가 습하고 찌는 듯 더웠다.

선생님 댁 현관에 들어서는 순간, 신발장 위 작은 도자기 꽃병에 든 연녹색 수국과 갈풀의 선선한 정취에 더위를 잊었다.

오랜만에 후카자와 씨의 모습이 보였다. 후카자와 씨는 지난달 아흔두 살이신 어머니가 돌아가신 후, 한동안 수업을 쉬고 있었다. 오늘 입은 기모노도 분명히 어머니의 유품일 것이다.

장지문 그늘 아래서 후카자와 씨가 선생님에게 인사를 하고 있었다.

선생님도 그때 일을 언급하며, 다다미에 두 손을 얹고 머리를 숙인 채 위로의 말을 건네고 계셨다.

"앞으로 점점 더 쓸쓸해지겠지만, 이것도 순리니까요…….
마음 잘 추스르길 바랄게요."

담백한 말 속에 고령의 부모를 먼저 떠나보낸 사람을 향한 애도의 마음과 상냥함이 느껴졌다. 연륜이 쌓인 어른의 인사를 살짝 들여다본 듯한 기분이 들었다.

정원 쪽 창문을 활짝 열어둔 다도실에서 연한 차 연습을 했다.

다실 출입구의 장지문을 여는데 평소보다 무거운 느낌이 들었다.

'장마가 가까워지고 있구나.'

매년 장마가 다가오면 습기 때문에 다도실의 미닫이 장지문이 잘 미끄러지지 않게 된다. 그뿐만이 아니다. 말차가 습기를 머금어 무거워진다. 평소 같으면 차샤쿠*로 말차를 떠내면 사락사락, 가볍게 떨어져 내리는데 이맘때는 차샤쿠에 달라붙어 좀처럼 떨어지지 않는다.

그리고 차 가루가 달라붙은 차샤쿠를 닦은 후쿠사에도 진한 녹색 얼룩이 배어서, 털어내도 두들겨도 떨어지지 않는다.

검은 옻칠을 한 나츠메는 어렴풋한 빛을 발하며 날아다니는 반딧불과 볏모 그림에 금박 세공이 돼 있었다.

납작한 물 항아리는 옅은 물색이었고 '세이가이하'** 문양이 그려져 있었다. 물 항아리 위에 놓인 검은 칠기 뚜껑은 '접이식 덮개'로, 가운데에 경첩이 있어 한쪽만 열 수 있는 형태였다. 뚜껑을 열면 안쪽에 금은박 세공을 한 물풀 그림이 나타난다.

다완에는 연못에 피는 가지각색의 꽃창포와 겹벚꽃이 그려져 있었다.

---

* 말차를 떠낼 때 쓰는 긴 찻숟가락 같은 도구.
** 부채꼴 모양의 물결무늬로 잔잔한 파도처럼 평온한 삶이 계속되기를 바라는 염원을 담고 있다고 한다.

벗모와 반딧불이 그려진 나츠메°

삭삭삭삭삭······.

차선을 저은 다음 '의(노)' 자를 그리며 들어 올린 뒤, 다완 정면이 반대쪽을 향하도록 돌려 내밀었다.

후카자와 씨가 소리를 내서 차를 끝까지 마시고, 가만히 다완을 바라보며 중얼거렸다.

"좋네요. 안신이 되요."

오랜만에 찾은 다도실 덕분에 감상에 잠긴 어조였다.

"그렇지. 장마에 들어가기 전이 가장 좋을 때니까."

데라시마 씨가 말을 받았다.

나도 장마가 가까워오는 이 시기가 일 년 중에서 가장 일본다운 계절이라고 생각한다.

하기오 씨가 문득 떠오른 듯 말했다.

"그러고 보니 올해도 흰뺨검둥오리가 태어났어요."

다도실에서 가까운 공원 연못에 몇 년 전부터 흰뺨검둥오리가 터를 잡아서, 매년 이 계절이 되면 아기 오리가 부화한다. 오리 가족이 줄지어 헤엄치는 모습이 동네에서 화제가 되기도 했다.

"수련도 피어 있고, 공원 연못은 이맘때가 최고로 예뻐요."

그때였다. 정원에서 갑자기 토독토독토독······ 하는 소리가 들려왔다.

부드러운 이슬비가 어린잎에 떨어지고 있었다. 동시에 습기를 머금은 바람이 열린 장지문을 통해 정원에서 들어왔다.

유키노 씨가 서둘러 일어나 툇마루 유리문을 닫았다. 바깥 풍경을 바라보며 선생님이 중얼거렸다.

"장마의 시작일까……."

연못가

이튿날은 맑았다. 오후에 장을 보고 돌아오는 길에, 문득 수업 때 이야기 들었던 흰뺨검둥오리가 생각나서 공원으로 발걸음을 옮겼다.

정말 있었다! 엄마 오리 뒤에 아기 오리들이 줄지어서 연못을 유유히 헤엄치고 있다. 노란색과 갈색 털이 자란 오리가 모두 아홉 마리였다.

연못 위 다리에서 사람들이 모여서 구경하고 있었다. 맑게 갠 하늘이 비친 수면이 푸르렀다. 그 수면의 반 정도를 수련 잎이 덮고 있고 곳곳에 붉은 꽃이 피어나 있다. 수련 잎 위를 자그마한 흰뺨검둥오리 행렬이 아장아장 걸어서 건넌다.

물풀 사이를 헤치고 들어가서 모습이 보이지 않게 됐다가, 다시 우르르 나와서 함대처럼 대열을 맞춰 헤엄치며 때때로 수면을 샥! 미끄러지듯이 달려 나간다. 그때마다 다리 위 관중들에게서 박수와 화기애애한 웃음소리가 터져 나왔다.

"귀엽다!"

"계속 봐도 안 질려."

여기저기서 탄성이 터져 나온다.

"얼마 전에 태어난 다른 오리들도 있었지?"

그러자 연못가에 앉아 낚시를 하던 아저씨가 "그 오리들이라면 저쪽에 있던걸요" 하고 연못 안 갈대가 우거진 섬을 가리켰다.

"엄마 오리가 불러서 저쪽으로 데리고 가던데, 아마 쉬는 시간인가 봐요."

자세한 사정은 모르겠지만 처음에는 열 마리였던 새끼 오리가 지금은 일곱 마리가 됐다고 한다.

"숫자가 줄어들다니 안타깝다."

"까마귀 같은 녀석한테 당한 거 아냐?"

"그게 아니라 다른 무리의 엄마 오리가 죽여버린다더라.

현실은 냉혹한 법이지."

"까마귀가 아니라 엄마 오리가? 생물의 이기심인 건가."

그러자 아까 그 낚시꾼 아저씨가 다시 끼어들었다.

"그게 자연의 섭리죠. 그렇게 정해져 있는 거예요. 태어난 생명체가 전부 다 자라는 건 인간 정도니까요."

초여름의 바람이 연못 위를 쓰다듬듯이 사아아, 스쳐 지나간다. 버들가지가 크게 흔들리면서 수면에서 잔물결이 반짝반짝 빛나고, 수련 잎이 바람에 말려 올라간다. 수련 잎 사이사이를 엄마 오리의 인솔 아래 아기 흰뺨검둥오리의 노란 함대가 유유히 헤엄친다.

왜가리가 날아와서 연못의 말뚝에 머물렀다. "부— 부—." 황소개구리의 울음소리가 들려온다. 생동감 넘치는 계절이다.

연못가에는 제철을 맞은 보라색과 노란색의 꽃창포가 피어 있다.

제방 주위에서는 수국이 파란빛, 보랏빛, 분홍빛으로 물들어가기 시작했다. 햇볕이 잘 드는 커다란 석류나무 가지에는 타오르는 듯한 주홍빛 꽃이 피고, 그늘진 곳은 십자 모양의 하얀 약모밀 꽃으로 덮여 있다.

이 작은 물가에 최고로 아름다운 때가 돌아왔다. 여기에 있는 것만으로도 행복해서 어쩐지 헤어지기가 아쉽다.

푸른 매실을 따다

"장마에 접어들기 전, 마지막으로 맑은 날이 될 듯합니다."

일기예보를 듣고 서둘러 빨래를 해서 건조대에 널고 있는데, 매화나무에 동글동글 푸른 열매가 열려 있는 게 보였다.

'아, 푸른 매실이다!'

입춘에 하얀 꽃을 피워서 봄을 알렸던 의리 있는 매화나무다. 꽃이 지고 나서는 완전히 그 존재를 잊고 있었는데, 어느새 나뭇잎이 우거지고 그 잎 그늘에 열매를 가득 맺은 것이다.

매실이 크고 동글동글하게 자라서 매실주 담그기 딱 좋은 시기였다. 급히 부엌에서 소쿠리를 가져와 수확에 들어갔다. 푸른 매실은 푸른 잎 사이로 섞여들어 몸을 숨긴다. 그게 매실의 계략이다.

매실을 소쿠리에 가득 담은 뒤 이제 다 땄겠지 싶어도, 나무에서 멀리 떨어져서 보면 아직도 여기저기에 한가득 남아 있다. 그 여기저기에서 진부 딴 뒤에도 나무 밑에 앉아서 올려다보면, 잎이 무성한 어두컴컴한 가지 안쪽에 아직도 잔뜩 숨어 있다. 손을 뻗으면, 가만있을까 보냐 하며 사방팔방에서 작은 가지가 쿡쿡 찌르며 방해한다.

매실 따기에 푹 빠져서 땀을 흘리다 보니 소쿠리가 수북하게 무거워졌다.

푸른 매실은 귀엽고 익살스러운 데다 어쩐지 에로틱하다. 동그랗고 몽실몽실하고 엉덩이처럼 골이 있다. 솜털로 덮인 모습은 마치 안개가 낀 것 같다. 손바닥 위에 대구루루 올려놓고 바라보자면, 어쩐지 손끝이 근질근질해서 세게 꾹 쥐고 싶은 충동에 사로잡힌다…….

부엌 개수대에서 한바탕 매실을 씻고, 찬물에 담그고, 하나하나 물기를 닦아내면서 매년 생각한다. 추위가 바닥을 치는 계절에 꽃을 피워서 봄을 기다리는 사람에게 희망을 선사한 매화나무가, 여름이 될 무렵에는 열매를 가득 맺는다. 그 열매는 매실 장아찌나 매실주가 되어 식중독을 예방하고 피로를 해소해주며 반찬으로 먹어도 좋고 만능 조미료도 되어준다.

매화나무 한 그루만 있어도 일 년이 풍요로워진다. 매실은 굉장하다.

다실 속 우연의 일치

일요일. 쏴아아 쏟아지는 빗소리에 눈을 떴다. 창밖이 안개로 자욱해서 아침인데도 해 질 녘처럼 어두웠다.

요즈음 원고 마감과 불면증이 겹친 탓인지, 그게 아니면 장마 때문에 기온이 내려가서 컨디션이 무너진 건지 계속 몸이 찌뿌듯하고 무겁다.

아무 데도 나가지 않고 일도 하지 않고 이불 속에 누운 채 뒹굴뒹굴 시간을 보냈다. 꾸벅꾸벅 졸다가 눈을 떴을 때, 어디든 가지 않으면 안 될 것 같은 기분이 들었다.

하지만 비가 내리고 있다. 쏴아아 하는 빗소리가 수천수만의 군중처럼 우리 집을 에워싸고 있었다. 빗속에 갇힌 채 지켜지고 있다……고 생각했다.

오늘은 어디에도 가지 말고 쉬려무나.

그렇게 말하는 것 같아서 안심하고 힘을 뺀 채 다시 잤다. 비와 습기로 인해 쌓였던 피로가 몸에서 녹아내리고 있다. 이대로 계속해서 자고 싶다…….

수요일. 일기예보에서는 오후에 해가 얼굴을 내밀 거라고 했지만, 아직도 이슬비가 내리고 있다.

사흘 전 일요일에 하루 종일 잔 덕분에 어느 정도는 컨디션을 회복했다. 하지만 어젯밤부터 아침까지 또 원고를 쓰는 바람에 또다시 잠이 부족했다. 어쩐지 귀찮은 마음에 다도 수업을 빠질까도 생각했지만, 마음을 다잡고 부슬부슬 내리는 빗속에 집을 나섰다.

선생님은 도코노마에 족자를 건 뒤, 긴 족자걸이를 손에 들고 내려오는 중이셨다.

"원래 다른 족자를 걸어두었다가, 조금 전에 급하게 찾아서 이 족자로 바꾸었단다."

비가 그치니 꽃도 대나무도 선선하다
雨收花竹涼

오늘도 선생님은 전력을 다해 수업 준비를 하고 계셨다. 대바구니 꽃병에는 노각나무 가지가 들어 있었다. 하얗고 싱그러운 모습에 눈이 빤쩍 뜨이는 기분이 들었다.

오늘의 물 항아리는 사쓰마키리코*였다. 섬세하게 커팅된 유리가 물에 비쳐 반짝이고 있었다.

과자 그릇 뚜껑을 열자 모두 입을 모아 "와아!" "예쁘다!" 하고 소리를 질렀다. 그릇 속에 가지런히 놓여 있는 건 푸른 매실 모양의 '아오우메'였다. 과자라는 건 알지만 진짜 매실처럼 보여서 시선을 뗄 수가 없었다. 색감도, 동글동글한 모양도, 살짝 금이 가 있는 모습도, 배꼽처럼 움푹 들어간 부분도……. 어쩐지 희미하게 솜털까지 나 있는 듯 보였다.

가이시에 하나 덜어서 은으로 된 '과자 자르는 도구'로 눌러 자르자, 아오우메 속에는 당연하게도 팥소가 들어 있었다. 입에 넣으니 달콤하면서도 은은한 산미와 매실의 풍미가

* 가고시마 현의 특산물인 유리 공예품으로 두꺼운 색유리를 사용한 그러데이션이 특징이다.

푸른 매실°

느껴졌다.

옅은 물색의 여름용 다완으로 진한 차를 맛본다.

'아아, 오길 잘했어……'

문득 시선을 들자 정원이 밝아져 있었다. 어느새 비가 그치고 정원수 사이로 날카로운 빛이 비쳐 들어오고 있었다. 나무에 물을 줬을 때서럼 나뭇잎이 반짝이고 있다. 동백의 잎은 구슬처럼 반짝이고, 단풍철쭉과 도사물나무의 푸른 잎사귀 끝에는 물방울이 빛나고 있다. 정원의 징검돌에도 물이 조금 고여서 빛이 반사되고 있었다.

미즈야로 나가자 정원의 감나무 잎사귀가 사각사각 흔들리고, 이삭여뀌의 가냘픈 줄기가 절하듯 일제히 고개를 숙였다. 바람이 목덜미를 스치자 땀이 식었다.

도코노마를 돌아봤다.

……비가 그치니 꽃도 대나무도 선선하다.

'아…… 지금, 딱 맞아떨어졌어!'

이곳에서는 싱크로니시티(의미 있는 우연의 일치)가 때때로 일어난다.

선생님은 다도 수업 때 늘 계절이나 날씨, 상황에 맞추어서 정성을 가득 담은 연출을 해주신다. 그러면 그곳에 무언가가 찾아온다…….

언젠가 '첫여름에 부는 따스한 바람은 남쪽에서 불어온다 薰風自南来'라는 족자를 보고 있자니 정원에서 사아아, 기분 좋은 바람이 불어와서 신록을 느끼게 해주었다.

또 어떤 날은 천둥신의 민화가 그려진 족자가 걸려 있었다. 무서운 얼굴을 한 천둥신이 바다에 큰 북을 떨어뜨리고는 당황해서 끌어올리느라 애쓰는 익살스러운 그림이었다. 그런데 수업 중에 갑자기 천둥이 치기 시작하더니 쏴아아, 비가 쏟아지기 시작했다.

작은 우연은 깨달을수록 많이 일어난다. 그걸 느낄 때마다 마음속으로 '아!' 하고 탄성을 지르며 가만히 앉아 혼자 두근두근한다.

수업이 끝나고 돌아가는 길, 흰뺨검둥오리 가족의 모습을 보러 공원 연못에 들렀다. 잠깐 못 본 새 아기 오리는 많이 사라 있었다. 엉덩이를 내밀고 물속에서 먹이를 잡거나 거만하게 날갯짓하며 나는 시늉을 하는 녀석도 있어서 무척 귀여웠다.

잠자리가 수면을 스치며 날고 어디선가 치자나무가 달콤한 향기를 풍긴다. 마치 동남아시아의 리조트에 있는 것 같다. 6시가 다 돼가는데도 하늘은 밝고 아직 날은 길다.

그러고 보니 이제 곧 '하지'다.

태양은 이리도 높은데

잠들지 못한 채 어둠 속을 바라보며 시간을 보냈다. 하늘이 밝아오고 우편함에 신문이 떨어지는 소리를 들으며 잠깐 꾸벅꾸벅 존다. 그런 밤이 계속되고 있었다.

책 출간을 위해 쓰기 시작한 원고가 중단된 상태다. 몇 번이고 다시 써보려 했지만 그때마다 좌절한 끝에 결국 자신감을 잃고 말았다.

출력해서 책장에 넣어둔 원고 뭉치에는 희미하게 먼지가 쌓여 있다.

올해도 이미 반년이 지나가고 있다. 빨리 글을 써야 하는데…… 스스로를 탓하면서 잠들지 못하는 밤을 지새운다.

수요일, 맑음. 어깨가 무지막지하게 결리고 등이 뻣뻣하게 굳어 있었다. 하지만 이 초조함을 어떻게든 떨쳐내고 싶어서 다도 수업에 갔다.

집 밖으로 한 걸음 나온 순간, 수분을 듬뿍 머금은 무거운 공기에 감싸였다. 마치 부드러운 한천 속을 가르고 걸어 들어가는 기분이 들었다. 그 한천 속에 이웃집 산울타리에 피는 치자나무의 관능적인 향기가 감돌고 있었다.

선생님 댁 현관에서 구두를 벗으며 신발장 위의 작은 액자를 바라봤다. 선생님은 그곳에 좋아하는 그림엽서를 장식하곤 하시는데 가끔씩 다른 그림으로 바뀐다.

오늘의 그림은 태산목 꽃이었다. 커다란 태산목은 이 시기에 높은 가지 끝에서 하늘을 향해 하얗고 큰 꽃을 피운다. 그 그림과 함께 적혀 있는 시의 한 구절이 눈에 들어왔다.

사람은 하늘을 향해 잔다
영원을 바라보라고 말하고 있는 걸까

'도미히로'이라는 서명署名은 본 기억이 있다. 시인이자 화가인 호시노 도미히로 씨다.

다도실에 들어가자 도코노마 장식 기둥에 걸린 대나무 꽃병에 잎사귀 반쪽만 분을 바른 듯 하얀 삼백초가 들어 있었다.

"자, 과자를 들렴."

차게 식힌 과자 그릇의 뚜껑을 열자, '우이로우'라고 하는 세모 모양의 반투명한 떡에 통팥을 가득 얹은 과자가 들어 있었다.

"'미나즈키'*라는 과자란다. 6월도 곧 끝나니까 말이야."

옛날 궁중에는 음력 6월 1일에 얼음을 먹으며 더위를 피하는 의식이 있었다.

얼음은 천연의 눈과 얼음을 저장하는 장소인 '빙실氷室'에서 가져온 굉장한 귀중품이었다. 얼음을 먹을 수 없었던 서민들은 대신 얼음 조각을 닮은 과자를 먹으며 더위를 견뎌냈다고 한다.

그 영향으로 교토에는 지금도 일 년의 반이 지나는 시점인 6월 30일에 길운을 기원하며 미나즈키라는 이름의 화과자를

---

* 물의 달이라는 뜻으로 음력 6월을 말한다.

미나즈키°

먹는 풍습이 있다고 한다.

과자 자르는 도구로 세모 귀퉁이를 잘라 입에 넣었다. 탱글탱글하고 차가운 식감과 팥의 자연스러운 단맛이 어우러진다.

"와아, 맛있어!"

"미나즈키를 먹는다는 건 올해도 반이 지나갔다는 거네."

"나이가 들면 일 년이 눈 깜짝할 새 지나가는 것 같아."

"그러고 보니 어제가 하지였어."

동지로부터 반년. 일조시간이 조금씩 길어져서 지금이 일 년의 정점이다. 여름의 태양은 높고 실내로 들어오는 햇살은 짧다.

매주 이 다도실에서 오후를 보내다 보면, 계절에 따라 달라지는 태양의 높낮이를 햇살의 길이로 알 수 있다.

작년 동지 때 햇살은 남쪽 창으로부터 다도실의 가장 안쪽까지 들어와서, 이곳에 나란히 정좌하고 있던 우리가 무릎 위에 포개놓은 손등을 비추고 있었다. 그런데 지금은 툇마루 가장자리를 눈부시게 비출 뿐이다.

하기오 씨와 후카자와 씨에 이어서 나도 데마에를 했다.

평소처럼 손을 움직이면서 마음속으로 되새겼다.

'팔꿈치는 너무 쭉 뻗지 말고.'

'히샤쿠 차례가 되면 정신을 집중해야 해.'

'한번 물건을 놓은 뒤에는 고치지 않는 거야. 쓸데없이 손을 뻗어서도 안 돼.'

예전에 선생님께 지적받은 내용을 중간중간 떠올리며, 손 끝의 움직임에 의식을 집중한다.

집중해서 데마에를 끝낸 다음에는 언제나 마음이 가벼워진다…….

하지만 그날은 달랐다. 절을 하고 미즈야로 물러난 뒤, 나는 힘이 빠져 마루에 주저앉아 한숨을 쉬었다.

좀처럼 피로가 가시지 않았다.

그저 그 자리에 있는 것만으로도

아무리 노력해도 안 될 때가 있다.

'차라리 열심히 하는 걸 그만두자……'

며칠이 지나자 그런 생각이 들었다.

나를 전부 내던지고, 운명이라고 부를 만한 거대한 무언가에 모든 것을 맡기고 싶어졌다.

쉬자. 그렇게 결심하고 나자 정원에서 사아아, 서늘한 바람이 불어왔다. 어떤 존재가 "그래!" 하고 말해주는 듯한 기분이 들었다.

낮에는 친구와 점심을 먹고 밤에는 영화관에서 로맨틱 코미디 영화를 봤다. 다음 날에는 전철을 타고 바다를 보러 갔고, 중간에 책을 샀다. 일과 관련 없는 책을 읽는 게 몇 달 만인지.

허무할 정도로 단번에 마음이 가벼워지면서 그동안 일 때문에 얼마나 초조함에 시달리고 있었는지 뼈저리게 느꼈다.

팔다리를 쭉 뻗고 목욕물에 느긋이 몸을 담근 뒤, 밤이 되어 이불 속에 들어가 선생님 댁 현관에서 본 태산목 꽃 그림과 시를 떠올렸다.

사람은 하늘을 향해 잔다
영원을 바라보라고 말하고 있는 걸까

오랜만에 깊게 잠들었다. 뻣뻣하게 굳었던 등이 어느새 싹 나아 있었다.

예전에 잡지 인터뷰를 하며 만났던 NHK 기상캐스터 출신 구라시마 아쓰시 씨가 떠올랐다.

구라시마 씨는 암으로 부인을 잃은 상실감에 우울증을 앓은 경험이 있다. 입원해 있는 동안에도 이렇게 해야 하는데, 저렇게 해야 하는데 하며 초조해하는 구라시마 씨를 보고 문

병 온 지인이 이런 말을 해주었다고 한다.

"아무것도 안 될 때는 그냥 지구에 붙들려 있으면 되는 거야. 지구는 굉장한 기세로 돌고 있다고. 그러니 제대로 지구에 잡혀 있지 않으면 날려가버리고 말아."

열심히 해야만 한다고 자신을 계속 다그치며 탓하는 건 그만두자……

지칠 때는 계절 안에 있으면 그걸로 충분하다. 어딘가로 떠나지 않더라도 이 나라에서는 계절이 돌고 돈다.

십 대 소녀였을 때, 나에게 계절이란 배경으로 흐르는 단순한 '풍경'에 지나지 않았다. 계절의 순환 같은 건 내 인생에 아무런 영향도 미치지 않는다고 생각했다. 심지어 가능하다면 일 년 내내 일정하게 쾌적한 온도 속에서 살고 싶었다.

하지만 해를 거듭할수록 느끼게 되었다……

우리는 계절을 앞질러 나아갈 수도, 같은 계절에 계속 머물 수도 없다. 언제나 계절과 함께 변화하며, 한순간의 빛이나 나무 사이로 부는 바람에 마음을 가다듬고, 쏟아지는 빗소리에 몸을 맡기며 자신을 치유하기도 한다.

꽃이 피는 시기에 맞춰 인생의 새로운 국면에 접어드는 일도 있고, 마음속으로 결심했을 때 바람이 '그래!' 하고 대답해준 적도 있다.

우리는 계절의 순환 밖이 아니라, 원래부터 그 안에 있다. 그러니 지칠 때는 흐름 속에 모든 것을 맡기면 되는 것이다…….

수요일, 맑음. 기온 30도.

큰맘 먹고 여름용 비단 기모노를 입고 다도 수업에 갔다. 바로 위에서 내리쬐는 햇살 때문에 발밑의 그림자는 짧고 짙다. 지나가던 사람이 말을 건넨다.

"시원해 보여서 좋네요."

하지만 입고 있는 당사자는 어마어마하게 덥다.

다도실은 장지문 대신 갈대 줄기로 만든 문을 바꿔 달고 있었다. 방 안은 어둡고, 갈대발 틈새로 보이는 정원의 빛은 강렬했다.

쓰쿠바이의 뜨뜻한 물에 여름방학의 풀장이 떠올랐다. 미즈야 입구에 드리운 푸른 포렴이 바람에 흔들리고 있었다.

도코노마의 족자는 '폭포瀧'였다. 글자 마지막 획을 위로 뻗치지 않고, 그대로 낙하하듯이 긴 종이 끝까지 단숨에 내달렸다. 그 글자를 바라보고 있으면 폭포수가 떨어지는 웅덩이에서 서늘한 바람이 불어오는 기분이 들어서 저절로 땀이 식는다.

대나무를 엮어 만든 목이 좁은 꽃병에는 흰 무궁화와 붉은 이삭여뀌가 들어 있었다.

다채로운 색조로 담뱃잎과 덩굴무늬를 그린 네덜란드 화풍의 물 항아리에 소라 모양의 후타오키*. 게 그림의 다완.

검은 옻칠이 된 '나카츠기'는 원통 모양의 다기인데, 뚜껑을 열면 비늘 같은 모양의 금빛 세이가이하 무늬가 나타난다. 뚜껑을 열 때마다 쏴아, 쏴아, 파도 소리가 들리는 기분이 들었다.

그래도 가마 앞은 여전히 더웠다. 데마에를 시작하자 땀이 등을 타고 주르륵 흘러내린다.

이렇게 더운 날 굳이 무리해서 기모노를 입을 필요는 없었는데, 오늘은 입고 싶었다. 하고 싶지 않은 욕심과 하고 싶은 욕심이 있는 것이다.

삭삭삭……

몸을 비스듬하게 돌린 뒤 연한 차가 든 다완을 다다미 가장자리 선 맞은편으로 내민다. 몸을 다시 원래 방향으로 되돌리면 손님 쪽에서 "감사히 받겠습니다" 하고 인사를 한다. 그런 다음 다완이 돌아올 때까지 자세를 바로잡고, 무릎에 손을

---

* 가마 뚜껑이나 히샤쿠를 올려놓는 5센티미터 높이의 받침대.

세이가이하 나카츠기°

얹고, 무릎 앞쪽으로 시선을 내리깔고 조용히 기다린다.

"……."

그때였다. 불현듯 몸속에 전기가 달리는 듯한 쾌감이 느껴졌다.

'이걸로 충분해…….'

뭐가 이걸로 충분하다는 건지는 모르겠다. 하지만 무언가 가슴에 치밀어 오르며 눈앞이 흐릿하게 번졌다.

그때 확실히 깨달았다.

'주저앉는 날도 있어……. 그래도, 아무리 괴로워도 나는 내가 선택한 길을 가고 싶은 거야.'

데마에를 끝내고 다실 출입구를 빠져나왔다.

후우, 크게 숨을 내쉬고 땀 때문에 이마에 달라붙은 앞머리를 쓸어 올렸다.

그 순간 살랑살랑, 정원에서 불어온 산들바람의 이루 말할 수 없는 그 상쾌함이란!

소나기

기분 좋게 맑은 날 오후, 근처에 사는 친구와 둘이서 공원 연못가를 산책했다. 이웃집 정원에 하얀 접시꽃이 피고, 담벼락을 기어가는 능소화의 담쟁이덩굴에 밝은 오렌시빛의 꽃이 피어 있었다.

아기 흰뺨검둥오리들은 완전히 다 자라서 엄마 오리와 똑같은 날개 색을 하고, 수련 꽃 사이나 다리 밑을 자기 집 정원처럼 헤엄치며 돌아다니고 있었다. 흰뺨검둥오리 일가가 지나간 수면에는 헤엄친 흔적이 퍼져 나가고 바람이 불 때마다 물풀이 흔들렸다.

나무 그늘 벤치에 앉아서 이야기를 나누는 동안, 갑자기 하늘이 어두워지더니 바람이 바뀌었다. 연못 근처에서 낚시하던 사람도 흰뺨검둥오리를 구경하던 사람들도 어느새 사라졌다. 멀리서 천둥소리가 들린 것 같다는 생각이 들었을 때는 이미 머리 위에 먹구름이 드리워 있었다.

우리 둘 다 우산을 갖고 있지 않았다.

"소나기가 올 것 같아."

"집에 가자!"

서둘러 벤치에서 일어나 인동덩굴 꽃의 달콤한 향기가 나는 샛길을 돌아서, 집을 향해 언덕길을 달렸다. 공기 중에 비릿한 물 냄새가 자욱했다.

언덕 중간에서 빗방울이 하나 똑, 하고 떨어졌다. 그렇게 생각하자마자 금세 툭! 투둑! 하고 메마른 아스팔트 여기저기에 검은 얼룩이 생겨났다. 쏴아아! 하고 단숨에 쏟아진다. 따뜻한 비였다. 빗줄기가 부옇게 흐려졌다.

하늘이 쿠릉쿠릉 울리고 있다. 갈림길에 와서도 발을 멈추지 않고 "잘 가!" 하고 외친 뒤 각자의 집을 향해 달렸다.

집에 도착했을 때는 온몸이 흠뻑 젖어 머리카락 끝에서 빗물이 뚝뚝 떨어졌다.

뜨거운 물로 샤워를 하고, 얼음을 띄운 매실주를 마시면서 창밖으로 세차게 내리치는 비를 바라봤다.

빗속을 달린 탓인지 가슴이 북받쳐 올랐다. 이런 소나기를 기다리고 있었다는 기분이 들었다.

비는 열대의 스콜처럼 쏟아져 내리다 한 시간 뒤 그쳤고, 하늘은 분홍빛 저녁놀로 물들었다.

장마의 끝이 머지않았다.

열기 가득한 나날

드디어 장마가 그치고 연일 폭염이 이어지고 있다. 바람도 없고 정원 풍경도 정지화면이 된 듯이 나뭇잎 하나 움직이지 않는다. 미지근한 물속에 있는 것 같다. 가만히 있어도 땀이 맺힌다.

수요일, 오늘도 맑은 하늘은 열기로 가득 차 있다. 다도 교실로 가는 동안, 도로의 아스팔트가 달아올라서 마치 프라이팬 위에 있는 듯했다. 한낮이라 그늘도 없다. 이웃집 정원의 해바라기도 맥이 탁 풀려 고개를 숙이고 있었다.

선생님 댁의 현관을 들어서자마자 "아, 더워" 하는 말이 무심코 튀어나왔다. 송골송골 맺힌 땀을 닦는데 부엌에서 선생님의 목소리가 들려왔다.

"미즈야에 차가운 보리차를 놔뒀으니까 마시렴."

"감사합니다!"

신발장 위의 서화지를 흘끗 봤다. 적갈색 나팔꽃……. 가부키 배우인 이치카와 단주로가 대대로 사용한 색이라서, '단주로 나팔꽃'이라고 부른다는 이야기를 들은 적 있다.

미즈야의 마룻바닥이 서늘해서 기분 좋았다. 꿀꺽꿀꺽 보리차를 마시고 후아아, 숨을 내쉬었다.

다도실의 도코노마를 보자 오늘은 족자가 아니라 부채가 장식돼 있었다. 부채 앞면에 '寿々風'라는 한자가 쓰여 있었다.

"선생님, 이거 뭐라고 읽는 거예요?"

"산들바람."

아아! 무심코 손뼉을 쳤다.

부채에 산들바람이라……. 어쩜 이리 재치가 있을까.

손잡이가 달린 바구니 모양 꽃병에는 흰 무궁화, 붉은 하늘나리, 그리고 선선해 보이는 제브라 참억새가 두세 가지 들어 있었다.

　물 항아리는 우물에서 물을 퍼 올릴 때 사용하는 두레박 모양이다. 처음으로 두레박 물 항아리를 다루는 법을 배웠던 날, 선생님이 말씀하셨다.

　"옛날에는 여름에 목제 두레박 물 항아리를 사용할 때, 물에 첨벙 담가서 젖은 채로 다다미 위에 놓았다고 헤."

　평소에는 항상 물 항아리의 물기를 잘 닦은 뒤에 다다미나 선반에 놓도록 돼 있다.

　"네? 그대로요? 물기를 닦지 않고 다다미에 놓았다고요?"

　나는 깜짝 놀라서 되물었다.

　"그럼 다다미가 질척질척해지잖아요!"

　옛 다인들은 이 무더운 계절에 손님을 대접하기 위해, 거기까지 서늘함을 연출했던 걸까.

　과자는 '다마가와'. 투명한 금옥당*에 조약돌 모양을 낸 양갱이 들어 있었다. 석영처럼 반짝이는 단면과 깎아지른 듯한 모서리는 얼음을 베어낸 조각처럼 생겼고, 투명한 직방체 속에 맑은 물이 흐르는 강바닥이 보였다.

　과자 자르는 도구로 잘라서 입으로 옮기자, 금옥당이 사르

---

*　한천에 설탕이나 물엿을 넣고 졸인 뒤 차갑게 굳힌 투명한 과자.

다마가와°

르 녹으며 단맛이 구석구석 스며들었다.

그렇게 서늘한 연출 속에서도 차만큼은 뜨겁다.

흰 빛을 띠는 하기야키의 여름 다완이 눈앞에 놓였다. 다완을 들자 여러 번 빨아서 색이 바랜 목면 같은 소박한 촉감과 함께, 차의 뜨거움이 전해져온다.

감사한 마음으로 받아든 뒤 앞쪽으로 두 번 돌리고 다완에 입술을 댄다.

카페인의 향기가 퍼졌다. 뜨겁고 쌉싸름한 차가 목을 지나 식도를 타고 내려간다……. 과자의 단맛이 조금씩 옅어지고, 혀에 말차의 풍미가 겹쳐져간다. 한 모금 한 모금 아쉬워하며 맛보고 그때마다 휴우, 깊은 숨을 내쉰다.

스읍, 하고 소리를 내며 다완에서 입술을 뗐을 때, 무심코 "아……" 하는 소리가 나왔다. 그러고 보니 요즘 날이 덥다 보니 어디를 가더라도 차가운 음료만 마셨다. 그 때문에 내장이 지쳐 있었던 것 같다.

뜨거운 날 마시는 뜨거운 차는 좋다. 몸을 똑바로 잡아준다.

주위에서는 수다가 한창이었다.

"너희 집에는 스님이 독경하러 와주시니?"

"응. 얼마 전에 오셨어. 한창 더울 때니까 스님들도 큰일이야."

"우리 집은 불만 피우고 끝이거든."*

"그래도 종소리가 울리지 않으면 죽은 사람이 돌아왔을 때 집이 어딘지 못 찾는다고 하잖아."

"그래?"

"가지나 오이로 말 같은 거 만들어?"**

"한 번도 안 해봤어."

어느덧 화제는 '백중날'***에 이르렀다. 8월이 되면 다도 수업은 여름방학에 들어간다. 한 달 이상 공백이 있어서 연말연시의 휴가보다 길다.

"다음에 만날 때는 9월이네."

"조금은 서늘해졌으면 좋겠다."

우리는 뒷정리를 하고 인사를 주고받으며, 아직 열기가 남은 길을 다시 걸어서 돌아갔다.

---

* 음력 7월 13일 저녁, 죽은 이의 넋을 맞이하기 위해 문 앞에서 불을 피운다.

** 조상들이 빨리 도착할 수 있도록 가지와 오이로 말 인형을 만들어 장식하는 풍습이 있다.

*** 음력 7월 15일로 조상의 영혼을 맞아들여 대접하고, 건강과 행복을 기원하는 큰 명절.

가을

지금이 아니면
볼 수 없는 것들

매미 소리 한창이어도

8월 한 달 동안 다도 교실이 방학에 들어가는 가장 큰 이유는 폭염 속에서 수업하기가 힘들기 때문이다. 그리고 8월에는 가족 여행을 가거나 떨어져 살던 아들딸 가족이 놀러 온다는 학생들도 많다.

해당사항이 없는 나는 수요일 오후에 자유시간이 주어져 느긋한 시간을 보내고 있다.

토요일, 태풍이 오키나와까지 와 있다. 모레쯤에는 관동 지

옥수수°

역까지 올라온다고 한다. 아침부터 엄청난 습기 때문에 땀이 줄줄 흐른다.

하루 종일 에어컨을 틀어놓고 원고를 썼다.

매미가 이때다 하듯이 울고 있다. 근처 나무숲에 유충이 모여 있는 건지, 너도나도 맴맴, 맴맴 울어대다 그 소리가 점차 숨 가쁘게 겹쳐지며 "맴맴맴~"히고 리듬에 맞춰 최고조에 이른다.

그러다 이따금 민민매미가 "미임, 밈밈밈!" 하고 유달리 높은 소리로 독창을 들려준다.

그날 저녁, 친척집에서 옥수수가 잔뜩 도착했다.

연녹색 껍질과 황금빛 수염을 벗기고 큰 냄비에 쪘다. 부엌에 자욱이 서린 김에서 이미 달콤함이 느껴졌다.

갓 쪄낸 따끈따끈한 옥수수를 하모니카처럼 옆으로 들고 엄마와 둘이서 후후 불어가면서 먹었다. 잘 여문 노란 옥수수 알을 깨물면 죽순 끝처럼 달고 부드러운 즙이 뿜어져 나온다.

수요일, 어제는 강한 태풍과 비보라 때문에 하루 종일 안절부절못했는데 오늘 아침은 언제 그랬냐는 듯이 구름 한 점 없이 맑다.

계절에 따라 산다

기온은 높지만, 공기가 통째로 세탁되어서 투명하다.

내일은 '입추'다. 하지만 불볕더위 때문에 가을의 시작이라고는 도저히 생각할 수 없다.

평년 기온을 보면 앞으로도 한 달은 덥고 밤잠을 이룰 수 없는 나날이 계속될 테니, 실제 기후와는 동떨어져 있다는 느낌이 든다.

오후, 쇼핑을 다녀오는 길에 공원 연못에 갔더니, 흰뺨검둥오리 가족은 이제 누가 엄마 오리고 누가 아기 오리인지 구분이 가지 않았다. 구경꾼들은 사라지고 여름방학을 맞은 아이들이 가재를 잡고 있었다.

매미가 시끄럽게 울고 있다. 연못 주위를 걷는데 발밑에 매미 시체가 여럿 떨어져 있었다. 밀잠자리가 수면을 스치고 날아긴다.

밤, 욕조에 들어갔더니 방울벌레 한 마리가 맑은 음색으로 울고 있었다.

아직 더위는 한창이지만, 그래도 아주 조금, 분명하게 가을이 시작되고 있다······.

마음의 시차

　여름방학 동안 영국으로 여행을 떠났다.

　일본은 35도를 넘는 폭염이 계속되고 있는데, 영국은 최고 기온이 22도다. 요크셔의 아침은 9도. 추워서 견딜 수 없어 호텔 방에서 히터를 틀었다.

　밤에는 8시가 넘어도 여전히 밝아서 위도가 높다는 걸 실감한다. 오후가 되면 그림자가 길어져서 마치 일본의 늦가을 무렵과 분위기가 비슷하다. 푹푹 찌는 목욕탕 같은 일본의 8월에 비해 영국의 여름은 얼마나 쾌적한가.

하지만 어딘가 위화감이 든다…….

8월인데도 아직 수국이며 개양귀비가 피어 있다. 일본에서는 가을에 피는 대상화도 한창이다.

거기다 밤이 여물고 담쟁이덩굴에는 단풍이 들고 마가목 같은 새빨간 열매가 잔뜩 열려 있다. 일본의 초여름부터 초겨울에 이르기까지 여러 계절이 뒤섞여 있다.

현지 사람에게 물어봤더니 여기서는 꽃이 한번 피면 잘 지지 않는다고 한다. 벚꽃이 한 달 내내 피어 있다는 것이다.

처음에는 기묘하다고 느꼈다. 뜨거운 물과 차가운 물이 완전히 섞이지 않은 목욕통에 들어와 있는 것 같아서 마음이 불편했다. 하지만 시간이 조금 지나자, 내가 지금 어느 계절에 있는지 점점 애매해지면서 위화감도 사라졌다.

일본에서는 피어 있는 꽃을 보면 지금이 어느 계절인지 알 수 있다. 꽃이 계절을 알려준다. 말하자면 '방향감각'과 비슷하다. 그런 환경에서 자라서 그게 당연하다고 생각했었다. 하지만 당연하지 않았던 것이다.

영국 여행에서 돌아온 건 9월 초. 일본은 태풍이 떠난 직후였다.

부재중에 도착한 산더미 같은 우편물을 정리하다가, 손에 든 잡지의 표지 사진에 시선이 멈추었다.

참억새로 뒤덮인 들판의 사진이었다. 아침 햇살을 흠뻑 받아 빛나는 이삭이 말의 갈기처럼 나부끼고 있었다. 마치 은색의 바다 같았다⋯⋯. 참억새의 넓고 넓은 바다에 넘실거리는 바람의 모습이 보이는 것만 같았다.

나는 '시차적응'을 하듯이 '계절감'을 되찾아 나섰다.

다음 날, 소포를 가지러 우체국에 갔다. 가는 길에 제방 위에 있는 오래된 저택 정원의 싸리나무 가지가 폭포수처럼 늘어져 있는 광경을 봤다. 길가에 떨어져 쌓인 작은 자주색 꽃들이 분홍색 웅덩이를 만들고 있었다.

제방 언덕을 가득 뒤덮은 커다란 칡잎이 바람에 나부낄 때마다 그늘에 피어 있는 자줏빛 꽃이삭이 흘끗 보였다.

지금 내가 순환하는 계절의 어디쯤에 있는지 명확하게 느껴졌다. 그건 달력이나 시계가 가리키는 숫자와는 다른, 마음의 시간이었다.

9월에 접어들었다. 늦더위는 여전히 혹독하지만, 밤에는 여기저기서 곤충 소리가 들려온다. 링링 우는 방울벌레의 맑은 음색에 섞여서 귀뚜라미가 귀뚤귀뚤 울고 있다.

금요일, 편집자 아와시마 씨와 회의 때문에 만났다.

아와시마 씨도 오랫동안 다도를 해온 사람이다. 영국 여행 이야기를 하면서 벚꽃이 한 달 내내 핀다고 이야기했더니, 아와시마 씨가 "그건 좀 아닌 것 같네요" 하며 웃었다.

이 나라의 계절은 '지금이 아니면' 볼 수 없는 것들로 가득해서 눈 깜짝할 새 지나가버린다. 그래서 우리는 계절 안에서 아주 짧은 순간인 '지금'을 살아간다.

맑은 히늘에 아름다운 날

수요일, 맑음. 늦더위. 오늘부터 수업이 다시 시작되었다.

에어컨을 틀었던 집에서 나오자 바깥은 불볕더위로 숨도 쉬기 힘들 정도였다. 뭔가 지글지글 익는 듯한 냄새가 난다.

땀투성이가 되어 선생님 댁 현관에 들어서자마자, 신발장 위에 장식되어 있는 서화지를 보고 감탄했다.

할*
嚁

그 한 글자에 저절로 입꼬리가 올라갔다. 여름방학 동안 몸도 마음도 무뎌진 우리를 맞아주는, 선생님다운 인사라고 생각했다.

쓰쿠바이 앞에 앉았더니 정원에 이삭여뀌가 무리 지어 피어 있는 모습이 눈에 들어왔다. 가냘픈 줄기에 깨를 뿌려놓은 듯 작고 빨간 꽃이 점점이 피어 있다. 싸리도 참억새도 이삭여뀌도, 가을의 꽃은 덧없다.

족자를 바라봤다.

물을 떠내면 달이 손에 들어온다

水掬月在手

"이제 곧 '중추명월'이니까."

선생님이 말씀하셨다.

"아아, 이제 달구경을 할 수 있겠네……."

"어쩐지 마음이 편안해져."

그런 대화를 들으며 도코노마의 다다미 위에 놓인 바구니를 바라봤다. 무궁화와 하얀 대상화 그리고 참억새 가지가 하나

---

* 선종에서 수행자들을 지도할 때 크게 외치는 소리로, 언어로 표현할 수 없는 진리를 이 한마디에 담는다.

들어 있었다. 늦더위가 한창인 가운데 조용히 한 줄기, 가을의 들바람이 불어오는 것을 느꼈다.

음력 8월 15일에 해당하는 '십오야'의 달은 '중추명월'이라고 부른다. 매년 날짜는 달라지지만, 날씨가 맑으면 일 년 중에 가장 아름다운 달을 볼 수 있다. 옛사람들은 이날 달구경을 하며 가을밤을 즐겼다.

물 항아리는 손잡이가 달린 통 모양이었는데, 정면에는 패랭이꽃과 마타리 같은 가을 화초가 그려져 있었으며 검은 칠기의 '접이식 덮개'가 씌워져 있었다.

국화 문양이 가득한 하기야키의 과자 그릇이 눈앞에 놓였다.

"자, 과자를 하나씩 집으렴."

뚜껑을 열자 '기미시구레'*가 나란히 놓여 있었다. 둥글고 노르스름한 표면에 바람에 나부끼는 참억새 무늬가 찍혀 있었다.

"보름달에 참억새네요……."

"'사가노'**라고 하나 봐."

사가노를 가이시에 덜어놓고 과자 자르는 도구로 잘라서 입에 넣는다. 과자가 입속에서 부드럽게 녹아내리며 달콤한

---

* 팥소에 달걀노른자를 섞어 만든 시구레만주.
** 헤이안시대부터 달구경의 명소로 알려진 교토의 지명이기도 하다.

가운데 달걀노른자의 향긋한 풍미가 퍼졌다.

나츠메의 뚜껑 위에는 방울벌레가 한 마리 그려져 있었다. 방울벌레 날개의 자개박이 세공이 보는 각도에 따라 무지갯빛으로 반짝였다.

하기오 씨의 데마에가 끝나자 나한테 순서가 돌아왔다.

"자, 다음."

"잘 부탁드립니다."

선생님께 인사를 하고 미즈야에 들어가 준비를 시작했다.

방학이 끝난 뒤 처음 데마에를 할 때는 긴장이 된다. 비단 후쿠사가 부드럽게 늘어지는 감촉도 오랜만이다. 살짝 불안해하면서도 배우가 무대 위로 나아가듯이 다실 출입구의 문턱을 왼발로 넘었다.

코보시* 안에 들어 있던 후타오키를 꺼내서 풍로 옆에 놓고 히샤쿠를 걸쳐놓으며 대나무 손잡이의 감촉에 안도했다.

인사를 하고 제 위치에 앉은 뒤 심호흡을 했다. 마음이 천천히 다다미 위에 내려앉았다.

'괜찮아.'

* 다완을 헹군 물을 버리는 그릇.

뭔가가 나에게 속삭였다.

왼손으로 코보시를 앞으로 밀었다.

그러자…… 저절로 다음 순서를 향해 손이 움직였다. 후쿠사를 한 번 잡아당겼다.

팡! 하고 좋은 소리가 났다.

후쿠사를 접는 위치, 나츠메를 든 손의 높이, 그 모든 것에 하나하나 마음을 담는다. 움직임이 딱 맞아떨어지게 끝난다. 히샤쿠로 따르는 물의 음색이 맑다.

"삭삭삭……."

손에서부터 차선 끝으로, 마음을 전한다. 머뭇거리는 일 없이 순서대로 해나간다.

방학 동안 몸무게가 늘었는데도 다리는 저리지 않았다.

양발을 모아 일어서는 자세는 질색이지만 오늘은 가뿐하게 일어날 수 있었다.

다실에서 나서는데 갑자기 시야가 열린 듯한 기분이 들었다.

어째서 이렇게 기분이 좋은 걸까…….

문득 열 살 연상인 친구가 떠올랐다. 그 친구는 서예를 배우고 있어서 언제나 물 흐르듯 아름다운 손 글씨로 연하장을 보내준다.

언젠가 그 친구가 이런 말을 했다.

서예를 처음 시작했을 무렵엔 글씨를 쓰면 쓸수록 발전해 나가는 걸 스스로도 알 수 있었다. 선생님한테도 늘 칭찬을 받았다. 손맛이 느껴져서 즐거웠고, 그래서 열심히 연습했다고 한다.

그런데 어느 정도 시간이 지나자, 더 이상 성장이 눈에 보이지 않게 되고 정체기에 들어갔다. 처음 배웠을 때처럼 즐겁게 느껴지지 않아서, 일이 바쁘다는 핑계를 대며 한동안 서예를 쉬었다고 한다.

그러던 어느 날, 우연히 들어간 서점에서 근사한 벼루를 보고 충동적으로 구매했다. 그 벼루에 먹을 갈아서 글씨를 쓰고 싶었다. 다시금 서예를 향한 의욕이 솟아났다.

오랜만에 서예 교실에 가서 붓을 잡았다.

친구가 일필휘지로 써내려간 글씨를 보고, 선생님이 말했다.

"솜씨가 많이 늘었네요."

그 말을 듣고 친구는 놀랐다. 서예 교실을 멀리한 동안 거의 붓을 잡지 않았기 때문이었다.

무엇이 친구를 발전시킨 걸까…….

어쩌면 친구는 마음속으로 계속 서예를 해왔던 건지도 모른다.

무언가 보고 느낄 때마다 무의식적으로 글씨를 계속 쓰고, 내면을 점점 발전시켜왔기에 근사한 벼루를 만날 수 있었다.

그리고 붓을 잡았을 때, 그동안 쌓아왔던 내면의 힘이 밖으로 드러난 것 아닐까.

우리가 배우는 것은 기술이 아니라 길을 나아가는 법이다.

한 발짝도 나아가지 못하는 것처럼 보일 때에도 시간을 들여서 몸으로 익힌 것은 언제나 내 안에 있다.

여름방학이 끝나고 처음 한 데마에는 마치 긴 언덕길을 오르다가 갑자기 전망 좋은 고지대로 나온 것처럼 상쾌한 느낌이었다.

집으로 돌아오는 길, 하늘이 너무나도 푸르러서 놀랐다. 늦더위는 여전하지만 하늘은 이미 완연한 가을이 되어 솜사탕을 뜯어놓은 듯한 새털구름이 떠 있었다.

작업실 베란다에서 해가 저물어가는 후지산의 실루엣이 또렷이 보였다.

추
분 (9월 23일 무렵)

I

꽃무릇

요즘 들어 계속 작업실에 틀어박혀서 원고를 쓰다가 정신을
차리니 추분이었다.

또다시 낮과 밤의 길이가 같아졌다.

동지와 하지의 중간점에 있는 '춘분'과 '추분' 날에는 태양이
정동쪽에서 떠서 정서쪽으로 진다.

옛날 사람들은 죽은 자가 태양이 지는 서쪽에 있다고 믿어
서, 그들이 있는 저세상을 저 너머의 언덕, '피안'이라고 불렀
다. 그리고 태양이 정서쪽으로 지는 날에는 이 세상과 저세

상이 가장 가까워져 저세상과 통하기 쉬워진다고 생각했다. 그래서 지금도 춘분과 추분을 피안이라고 부르며, 성묘하는 날로 여긴다.

'더위도 추위도 피안까지'라는 말도 있듯이, 춘분과 추분은 드디어 계절이 바뀌는 시기다.

오늘 아침에 일어났더니 후텁지근한 날씨가 선선한 가을 공기로 바뀌며 기온도 5도 내려가 있었다.

"가을은 가을이구나. 너무 더워서 이러다 가을이 안 오는 건 아닐까 싶었는데."

엄마가 한시름 놓은 얼굴로 말했다.

오전에는 엄마와 함께 아버지의 묘에 들렀다.

절 입구로 들어가자 올해도 역시 제방에 꽃무릇이 피어 있었다. 지면으로부터 길게 뻗어 나온 줄기 끝에 불꽃처럼 붉은 꽃이 핀다…….

꽃무릇은 신기하다. 가을에 피안이 오면 무덤가나 논두렁에 홀연히 나타난다. 흰색이나 노란색도 있지만, 피처럼 붉은 빨간색이 압도적으로 많다. 그래서 불길한 꽃이라며 질색하는 사람도 있다. 하지만 순수하게 꽃으로서 바라보면 이얼마나 요염하고 섬세한 꽃인가. 나에게는 꽃무릇이 불꽃놀

벌레와 가을 풀이 그려진 금박 세공 나츠메°

이의 가장 화려한 순간처럼 보인다.

매년 신기하게도 이 꽃은 언제나 약속이라도 한 듯이 피안에 피어난다. 당연한 말이지만 꽃이 달력에 맞춰서 필 리는 없다. 독자적인 체내 시계로 계절을 감지하고 피어야 할 때 피어날 터이다. 그러므로 그해의 일조시간이나 기온에 따라 개화 시기두 조금씩 달라진다. 실제로 요즘 선생님 댁 정원에는 원래 겨울에 피어야 할 동백이 일찍 피어나서 선생님을 곤란하게 하고 있었다.

"너무 이르네. 이러다 나중에 장식할 동백이 없어지면 어떡하지."

하지만 올해도 꽃무릇은 약속이라도 한 듯 피안에 딱 맞춰서 피어났다. 이 꽃에는 뭔가 특별한 감지기능이 있는 건지도 모르겠다.

무덤에 꽃과 선향을 바치고 어머니가 손을 모으고 있는데, 고추잠자리가 무덤가의 비목에 멈춰서 날개를 쉬었다.

성묘를 마치고 돌아오는 길에는 항상 산책길을 따라 녹지와 대나무 숲을 지나 역까지 걷는다. 참억새와 개여뀌가 제멋대로 자라고 연보랏빛 등골나물과 꽃잎에 보라색의 반점 무늬가 있는 뻐꾹나리가 피는 들판에서 고추잠자리가 빙빙 날고 있었다.

○
추
분　(9월 23일 무렵)
Ⅱ

가을장마

　수요일. 어젯밤부터 부슬부슬 비가 내렸다. 늦더위가 물러가고 조금 쓸쓸하게 느껴지는 추위가 찾아왔다. 기온 차 때문에 여름내 쌓였던 피로가 나타난 건지 묘하게 졸리다.

　우산을 쓰고 다도 수업에 간다.

　도코노마에 낯선 경문經文의 족자가 걸려 있었다.

　오늘의 다화는 대상화와 오이풀 그리고 까무스름한 열매가 달린 보리 같은 식물이었다.

　"무슨 열매인지 알겠니?"

율무 비슷하게 생긴 매끄러운 열매인데, 자세히 보면 눈물 모양 같기도 했다.

"염주란다. 이웃집에 열린 걸 얻어 왔어. 피안이니까 말야."

그러고 보니 어릴 때 이 열매를 따서 바늘로 실에 꿰어 놀던 일이 떠올랐다. 스님들이 사용하는 염주도 이 열매를 말려서 연결한 거라고 들었다.

데라시마 씨와 하기오 씨에 이어서 후카자와 씨가 연한 차 데마에를 했다.

칠기 쟁반 위에 도라지 설탕 과자와 구운 밀기울 과자가 담겨 있었다. 초승달 모양의 후타오키에는 참억새가 그려져 있다.

단풍이 든 담쟁이덩굴 잎이 그려진 다완으로 연한 차를 마셨다. 금색으로 물든 덩굴에 파란색과 보라색 개머루 열매가 그려져 있었다.

데마에를 한 뒤에는 늘 다기와 차샤쿠를 배견한다.

나츠메에는 바람에 흔들리는 가을 풀이 그려져 있어서, 어쩐지 사각사각 흔들리는 풀잎 사이에서 '리리- 리리-' 하고 풀벌레 우는 소리가 들리는 것만 같았다.

"이 나츠메의 옻칠은 어떤 종류죠? ……만든 사람은요?"

이런 식으로 나츠메에 대해 묻고, 이어서 차샤쿠의 이름을

무사시노* 후타오키°

* 원래 관동 지역의 지명이지만 흔히 달이 아름답고 끝없이 펼쳐진 벌판
의 대명사로 쓰인다.

묻는다.

요즘에는 대부분 가게에서 차샤쿠를 구입한다. 하지만 옛날에는 다회를 위해서 매번 차샤쿠를 직접 깎았다고 한다. 특히 무사들이 목숨을 걸었던 전국시대에는 실제로 다회가 손님과 나누는 일기일회一期一会의 장이 되는 경우도 적지 않았다. 그런 만큼 정주亭主는 정성껏 차사구를 깎고 마음을 담아 이름을 붙였다. 역사에 기록된 차샤쿠 이름도 많은데, 그중에서도 '눈물泪'은 도요토미 히데요시에게 자결 명령을 받은 센노 리큐가 마지막으로 깎은 차샤쿠의 이름으로 유명하다.

오늘날에도 다도 스승이나 유명 사찰의 노승이 이름을 붙인 차샤쿠는 많다. 하지만 보통 다도 수업을 할 때는 연습용 차샤쿠에 직접 이름을 붙인다. 이는 계절이나 그 자리에 어울리는 이름을 생각하는 훈련이기도 하다.

"이 차샤쿠의 이름은 뭔가요?"

정객인 데라시마 씨가 묻고 후카자와 씨가 대답했다.

"'가을장마'라고 합니다."

어젯밤부터 가을비가 쓸쓸한 소리를 내며 계속 내리고 있다…….

공기 중에 '아……' 하고, 소리 아닌 소리가 났다.

'가을장마'는 가을철에 여러 날 계속해서 오는 비를 말한다. '억새 장마'라는 별명도 있다.

장마라고 하면 보통은 매실이 열리는 무렵의 긴 비를 가리키지만, 사실 일본에서는 계절이 바뀔 때마다 긴 비가 내려서 각각의 계절마다 '장마'라는 이름이 따라온다.

봄이 시작되고 유채꽃이 제방을 노란빛으로 물들일 무렵의 '유채꽃 장마', 매실이 열릴 무렵의 '매실 장마', 초가을의 '억새 장마', 그리고 겨울의 시작을 알리는 '애기동백 장마' 등이다.

그날 밤, 자리에 누워서 빗소리를 들었다.

하지 무렵 커다란 수국 이파리에 생기가 넘쳤을 때는 빗방울이 똑똑 떨어지며 마치 텐트 천을 손가락으로 콕콕 찌르는 듯한 소리가 들렸다. 팔손이나무의 잎을 두드리는 큰 빗방울은 우산에 부딪힌 콩이 튀어 오르는 것처럼 토도독토도독 하는 소리를 냈다.

하지만 잎이 시들해진 지금은 그저 비가 쏴아아, 쏴아아 쏟아져 내린다.

가을장마는 다음 날에도 계속됐다.

대나무 낚싯대 하나면 충분한

긴 비가 드디어 그쳤다. 눈부시게 푸른 하늘이 펼쳐진 날, 어디선가 감귤류의 달콤한 향기가 느껴졌다.

'아, 금목서다…….'

매년 이맘때가 되면 거리 전체가 은은하고 달콤한 향기에 감싸인다. 그러면 비로소 동네의 오래된 저택 산울타리에 귤색의 작은 십자형 꽃들이 가득히 피어 있다는 것을 깨닫는다.

금요일, 맑음.

일이 두 건 연속해서 취소되었다. 조금 전까지 꽉 차 있던 일정표에 빠끔히 구멍이 뚫렸다. 그 순간, 서늘한 바람이 등을 어루만졌다.

프리랜서로 글 쓰는 일을 하겠다고 결심했을 때부터 불안정한 수입으로 살아가게 되리라는 건 알고 있었다.

부모님도 늘 걱정하셨다.

"부모가 계속 살아 있는 게 아니야. 언젠가 글을 못 쓰게 되면 어떡할래? 꿈이 밥 먹여주지는 않아."

쉽지 않은 길이라는 건 알고 있다. 하지만 여기서 중심을 잡지 못하면, 앞으로도 인생의 중요한 순간마다 계속 주위 사람들의 의견에 휘둘리게 될 것 같았다.

"내가 원하는 대로 살게 해줘."

그래서 내 신념을 끝까지 밀고 나갔다.

부모님이 반대하지 않았던 것은 내가 언젠가는 결혼할 거라고 생각했기 때문이었다.

파혼. 그 뒤로 몇 번의 사랑과 이별이 있었고, 나는 지금도 독신이다.

"네가 행복한 가정을 꾸리길 바랐단다."

아버지는 만년에 쓸쓸한 듯이 말했다. 그때의 아버지를 떠올리면 지금도 마음이 아프다.

하지만 아버지가 바라던 딸의 인생을 살았더라면, 내가 정말로 나답게 살아갈 수 있었을런지 그건 잘 모르겠다. 두 마리 토끼를 다 잡을 만큼 요령 좋은 사람이 못 된다는 건 스스로가 가장 잘 알고 있다.

내가 선택한 길을 살아왔다. 그 점에는 일말의 후회도 없다. 눈앞에 주어진 일을 해나가다 보면 하루하루가 지니긴다.

하지만 일이 끊길 때면 내가 얼마나 불안정한 장소에 서 있는지 깨닫고 소름이 돋는다.

그래도 젊을 때는 '정 안 되면 뭐든지 해서 살아가면 돼'라고 생각할 수 있었다.

하지만 이제 더 이상 젊지 않다.

'여기는 인생의 어디쯤일까? 건너편 기슭은 아직 멀었을까……? 무사히 다다를 수 있을까……?'

이내 불안해진다.

월요일, 아침. 아직 날이 밝기 전에 집을 나와 하네다 공항으로 향했다. 전부터 예정돼 있던 여행 잡지의 취재를 위해 아침 비행기를 타고 규슈에 갔다.

처음 보는 땅의 해안선을 걸었다.

오랜 세월 바닷바람을 맞아 비스듬히 휘어진 소나무 숲에 맑고 투명한 빛이 쏟아지면서, 나뭇잎 사이로 비치는 햇빛이 지면에 얼룩무늬를 남기고 있었다. 우듬지를 스치는 솔바람 소리가 들려왔다.

나룻배를 타고 괭이갈매기의 소리를 들으면서 안쪽에 있는 섬으로 향했다.

아무것도 없는 스산한 시골길을 걷는데, 절벽 경사면에 하얀 백야국이 피어 있었다.

산에서는 곳곳마다 나뭇잎이 빨강과 노랑으로 물들고, 제방에는 선명한 주홍빛의 쥐참외가 열려 있었다…….

어부의 부인들, 기념품 가게 점원들의 이야기를 듣고 섬에 있는 식당에서 생선 요리 사진을 찍자 일정은 끝이 났다.

해가 지기 전에 숙소로 돌아와서 온천물이 나오는 욕조에 몸을 담그고 팔다리를 쭉 뻗었다. 따뜻한 물에 햇살이 반사되며 생긴 천장의 그물눈 무늬가 하늘하늘 흔들린다. 창밖에는 소나무 숲이 이어져 있고 그 너머로 바다가 보인다.

'살았다…….'

불안감에 마음이 흔들릴 때, 모르는 고장에서 처음 보는 사람들을 만나 위안을 얻었다. 일로 인한 불안을 일이 달래 주었다.

여행의 피로 덕분에 아무 생각도 하지 않고 잠들었다.

수요일, 맑음. 아침부터 쌀쌀하다. 창고에서 난로를 꺼내고 긴팔 블라우스에 스웨터를 걸쳐 입었다. 오후에는 다도 수업에 갔다.

다도실에 들어선 순간, 포근하고 따뜻한 기분이 들었다. ……아, 그렇구나. 눈앞의 문이 장지문으로 바뀌어 있었다. 여름 동안에는 늘어뜨린 갈대발 틈새로 어렴풋이 정원이 내다보였는데, 지금은 하얀 장지문에 감나무 그림자가 비치고 있다.

열린 장지문 틈새로 다도실의 삼분의 이 지점까지 빛이 들어오고 있다.

도코노마에 걸린 족자를 바라봤다.

어부의 생애는 대나무 하나

漁夫生涯竹一竿

"……"

상쾌한 바람이 불었다.

어부는 낚싯대 하나만 있으면 살아갈 수 있다. 여분으로 모아둘 일도 없다. 지위, 명예, 재산이 없어도 낚싯대 하나만 있으면 남에게 아첨할 일 없이 풍요로운 마음으로 살아갈 수 있다. 그야말로 일하는 자의 경지다.

나의 불안한 마음을 선생님이 알고 계실 리는 없다. 하지만 등을 힘껏 토닥여준 기분이 들어서 나도 모르게 등이 쭉 펴졌다.

다다미 위의 꽃병을 바라봤다. 어부가 허리에 매달고 다니다가 잡은 물고기를 넣어둘 때 쓰는 '어롱' 모양이었다. 그 안에 까실쑥부쟁이, 뻐꾹나리, 가을 해당화, 가는 억새가 들어 있었다.

어롱에 든 꽃을 보고 있자니 나도 모르게 입가에 미소가 어렸다.

'선생님, 진짜 멋있어……'

"자, 데마에를 시작하세요."

"잘 부탁드립니다."

진한 차 데마에를 시작했다.

"노리코, 지금 한 부분은 말이지. 물 흐르듯이 자연스럽게 하렴. 익숙해지면 자기 버릇이 나오니까 주의하고."

"계속 똑같은 속도로 데마에를 하는 게 아니라, 천천히 할 때, 재빨리 끝내야 할 때, 각각의 흐름을 생각하며 완급을 조절하도록 해."

"다구는 한번 놓은 뒤에는 이랬다저랬다 옮기지 않아. 눈 대중으로 위치를 정하고 한번 놓은 자리에 그대로 두는 거란다. 그게 '안목을 기른다'는 거야."

순서를 틀리지 않아도 선생님의 지적은 끝이 없었다. 잘하는 척하려고 뽐내지 말 것. 물 흐르듯이 자연스럽게 할 것. 사소한 부분까지도 소홀히 하지 않을 것······.

수십 년을 해도 숙제는 끝나지 않고, 연습에 끝은 없다.

요즈음 그런 생각이 든다. 아무리 노력해도 끝나지 않는 길을 걷는다는 것은 얼마나 즐거운 일인가.

아무리 나이가 들어도 정면에서 꾸짖고 주의를 주는 사람이 있다는 것은 얼마나 행복한 일인가.

처음 다도를 시작했을 땐 빨리 완벽한 데마에를 해내고 싶었다. 선생님이 "참 잘했어요" 하고 말해주지 않는 게 싫었다.

지금의 나는 더 이상 그때처럼 눈에 보이는 성장을 하고 있지는 않다. 하지만 보이지 않는 곳에서 지금도 계속해서 성숙해지고 있는 것이다.

데마에를 끝낸 뒤, 평소처럼 "감사합니다" 인사하고 자리로 돌아갔다.

이어서 유키노 씨가 연한 차 데마에를 끝내고 장지문을 열었을 때, 햇살은 이제 황금색으로 비치고 있었다.

"해가 꽤 짧아졌네."

사사즈루돈스*의 시후쿠**º

* 삼천 년에 한 번 피어난다는 대나무 꽃과 조릿대 덩굴 문양의 명품 비단.
** 다완이나 차이레 등을 담는 고급 비단 주머니.

날이 갈수록 화사해지는 봄에 비해 가을의 맑은 햇살은 고상한 노부인처럼 쓸쓸해서, 멀리서 들려오는 건널목 신호 소리도 적막하게 느껴졌다.

집으로 돌아오는 길, 하늘은 잘 익은 감처럼 물들고 붉은 조개구름이 줄지어 있었다.

그날 밤, 현관문을 잠그러 밖에 나갔더니, 서늘한 곳기 중에 어디선가 장작을 때는 냄새가 나고 하늘에는 낫처럼 날카로운 초승달이 떠 있었다.

불의 계절로

　수요일, 맑음.

　텔레비전 아침 방송을 보는데 상공에서 촬영한 홋카이도 다이세쓰산의 아름다운 단풍이 나왔다. 푸른 침엽수와 새빨간 활엽수의 모자이크가 끝없이 이어진다. 그 풍경이 오키나와 해저 암반 지대의 산호 꽃밭처럼 보였다. 드디어 단풍 전선이 시작된다…….

　햇볕이 쨍해서 기분이 좋다. 콧노래를 부르며 이불을 말린다. 숨을 쉬는 것조차 괴로운 날도 있지만, 그런 날이 있었다는 것조차 잊고서 이렇게 기분 좋게 하늘을 우러러본다. 인간은 약하고도 강한 존재다.

오후, 다도 수업에 갔다.

오늘의 족자는 '청풍만리의 가을淸風萬里秋'이었다.

그 문구를 보자 끝없이 이어지는 청명한 가을 하늘이 눈앞에 펼쳐졌다.

도코노마에는 굵은 대나무 뿌리로 만든 '이나즈카'라는 꽃병이 안정감 있게 놓여 있고, 하얀 대상화가 들어 있었다. 대상화는 아네모네와 무척 닮았다. 그러면서도 청초해서 동양적인 운치와 잘 어울린다.

다구의 배치가 '물의 계절'에서 '불의 계절'로 점점 바뀌어가고 있다.

더운 계절에는 입구가 넓고 납작한 물 항아리나 유리 항아리를 손님 가까이 놓아두지만, 지금은 좁은 원통 모양의 물 항아리가 손님에게서 멀리 떨어진 구석 쪽에 놓여 있다.

여름 동안 불기를 멀리하기 위해 구석에 뒀던 '풍로'는 다다미 정중앙으로 옮겨지고, 가마는 수증기를 내뿜고 있다. 큼직한 풍로는 앞면이 U자형으로 뚫려 있어서, 그 입구를 통해 풍로 안에서 숯불이 피어오르는 모습과 재를 볼 수 있다.

재는 숯불의 열기가 풍로에 직접 전달되는 것을 막는 단열재이자 가마를 올려두는 삼발이를 단단히 고정시키는 기반이다. 다도에서는 재가 중요한 역할을 한다. 풍로 종류에 따라 재의 형태도 달라지는데, 인두를 갖고 정해진 형태로 다듬으면 그 재가 대류현상을 일으켜 불이 잘 붙는다.

입자가 곱고 푹신푹신한 재를 정해진 형태로 다듬기란 어려운 일이고, 고운 형태로 완성하려면 연습이 필요하다. 그래서 풍로의 재 모양 또한 '구경거리' 중 하나라고들 한다.

다도 스승들은 계절이 끝날 때, 그동안 모은 재를 체로 거르고 진하게 우려낸 차를 더해서 한데 섞은 것을 보관해뒀다가 재를 쓸 차례가 되면 하얗게 될 때까지 막자사발에 곱게 빻는다. 이를 매년 반복하며 오랜 세월에 걸쳐 최고의 질감이 될 때까지 재를 길들인다. 그렇게 길들인 재는 무엇과도 바꿀 수 없는 재산이라 '다인은 불이 나면 재를 들고 도망친다'라는 말이 있을 정도다.

몇 년 전 선생님이 내게 재 모양을 만드는 연습을 시키신 적이 있다. 풍로 앞에 인두, 주걱, 붓 등이 들어 있는 도구 상자가 놓여 있었다.

"두 시간 줄게. 자, 해보렴."

모래성을 만드는 것과 비슷하지만 훨씬 섬세하고 마음을

집중해야 하는 작업이었다.

입자가 고운 재는 부드럽고 푹신해서 마음먹은 대로 움직이지 않는다. 이쪽을 누르면 저쪽이 움직이고 저쪽을 누르면 이쪽이 무너진다. 형태를 잡으려면 인두로 재를 누를 수밖에 없는데, 막상 누르면 인두 자국이 남는다. 살며시 미끄러지는 듯한 움직임으로 인두를 다뤄야 했다

마음대로 되지 않는 재와 씨름하는 동안, 내 머릿속에는 원고 마감도 인간관계 고민도 장래에 대한 불안도 남아 있지 않았다. 어떻게 하면 이 재의 경사면을 매끄럽게 만들 수 있을까, 어떻게 하면 이 봉우리를 날렵하게 만들 수 있을까⋯⋯ 그 생각뿐이었다.

항상 주위에 정신을 빼앗기기 일쑤고, 산만하게 이리저리 돌아다니며 한곳에 머물지 못하던 마음이 가만히 멈춰 있었다. 나는 어릴 때 잠자리를 잡던 집중력으로 재와 씨름했다.

"어때, 다 됐니?"

두 시간이 눈 깜짝할 사이에 지나갔다. 재 모양은 완성됐다고 하기에는 한참 멀었지만, 그게 최선이었다.

"네에⋯⋯."

등을 펴고 아무 생각 없이 정원 쪽을 돌아보았을 때, 어라? 하는 생각이 들었다. 그새 비가 내렸나 싶을 정도였다. 맑은

공기 속에서 나뭇잎 한 잎 한 잎이 놀라울 만큼 반짝반짝 빛나고 있었기 때문이다…….

"과자를 하나씩 집으렴."

눈앞에 놓인 과자 그릇의 뚜껑을 연 데라시마 씨가 눈을 반짝였다.

"어머나, 미소마쓰카제네요!"

미소마쓰카제는 카스텔라 비슷하게 생긴 스펀지 모양의 과자인데, 에도시대부터 이어져 내려온 교토의 오래된 가게에서 판매하는 명과다.

교토식 흰 된장에 밀가루와 설탕을 더해서 반죽한 뒤 숯불로 구워내며, 노릇노릇한 연갈색 표면에 검은깨가 흩어져 있다.

수제품이라 하루에 만들 수 있는 양이 한정되어 있기 때문에, 원래는 교토에서밖에 살 수 없고 예약만으로 매진되는 날도 많아서, 누가 교토에 간다는 말을 들으면 선생님은 자주 "미소마쓰카제 좀 사다줄 수 있겠니?" 하고 부탁하셨다.

"누가 교토에 다녀오셨나요?"

"우후후. 어제 다회가 있어서 잠깐 갔다 왔지."

"어머, 선생님이 당일치기로 다녀오신 거예요?"

그런 대화를 들으면서 미소마쓰카제를 입으로 옮긴다. 코끝에 된장의 풍미가 물씬 느껴지고, 살짝 딱딱한 스펀지케이크는 쫀득쫀득한 데다 단맛과 함께 자연스러운 간이 배어 있었다.

삭삭삭…….

하기오 씨가 차선을 젓다가 'の' 자를 그리며 들어 올렸다.

다완도 여름 다완에서 깊은 형태의 다완으로 바뀌었다. 적자색 옻칠을 한 나츠메의 뚜껑을 연 순간, 안쪽에 금박을 입힌 가을꽃들이 나타났다.

"올해도 풍로를 쓸 날이 얼마 안 남았어."

"시간이 빠르네요. 다음 달이면 벌써 화로의 계절이에요……."

가을 들판 나츠메°

또
다
시

겨
울

계절은
다시 시작되고

동배꽃 한 송이

　쇼핑하러 가는 길에 공원 옆을 지나갔다. 지난주에 이 길을 걸었을 때는 단풍이 막 들기 시작했었는데, 오늘은 조금 떨어진 곳에서도 낙엽의 향긋한 냄새가 물씬 풍겨온다. 벚나무 잎이 노랑에서 주황 그리고 진홍이 되어 떨어지고 있다. 봄이 벚꽃에서 시작되는 것처럼 단풍도 벚나무 잎에서 시작된다.

　오래된 저택 울타리에서 애기동백나무가 흰색과 분홍색의 꽃을 피워내기 시작한다. 해마다 이맘때쯤 이 울타리를 따라 걷다 보면 나도 모르게 '모닥불'이라는 동요를 흥얼거리게 된다. 특히 '북풍이 쌩쌩' 하는 부분이 좋다.*

　수요일, 맑음. 봄처럼 따뜻한 초겨울 날씨다.

　점심때가 지나, 평소보다 조금 일찍 수업에 갔다.

　앞에서 '다도를 시작하고 나서 나에게는 정월이 두 번 찾아오게 되었다'라고 썼다. 두 번이란 새해 첫날과 새해 첫 다회다.

　하지만 정확히 말하자면 정월은 세 번 있다.

　오늘이 그 첫 번째 정월이다. 다도실을 '겨울'에 맞게 꾸미고 풍로는 화로로 바꾼다. 오늘이 바로 '화로를 개시하는 날'인 것이다.

　다도에서는 화로를 개시하는 시기를 한 해의 시작으로 여기며, 올해 딴 '새 찻잎'을 이날부터 사용하기 시작한다. 그래서 다인들은 화로를 개시하는 시기를 '차의 정월' 또는 '다인의 정월'이라 부른다.

　일반적으로 새 차가 나오는 계절은 초여름이지만, 말차는 새잎을 가공하고 차 단지에 넣어 봉인한 뒤 풍미가 깊어질 때까지 기다린다. 와인을 나무통 속에서 숙성시키는 것과 비

---

*　아동 문학가이자 시인인 다쓰미 세이카가 산책을 하다가, 낙엽을 모아 모닥불을 피우는 모습을 보고 이 노래의 가사를 썼다.

슷하다.

옛 다인들은 화로를 개시하는 시기에 손님을 초대해서 식사를 곁들인 정식 다회를 열어 축하하며 새 차를 개봉했다고 한다.

소믈리에가 와인 마개를 열듯이 차 단지의 봉인을 뜯고, 새 찻잎을 꺼내서 맷돌로 갈이 밀사를 탄 다음 손님에게 대접한다. 이것을 '첫 다사'*라고 한다.

요즘에는 가게에서 새 차를 사기 때문에 실제로 차 단지의 봉인을 뜯는 일은 없다. 새해 첫 다회처럼 성대하게 축하하지도 않는다. 평소와 똑같은 수업이다.

하지만 화로를 개시하는 날이면 선생님 댁 현관을 들어서자마자 그 긴장된 공기와 숯의 냄새에서 새로운 시작을 느낄 수 있다.

졸졸졸…… 멀리서 쓰쿠바이의 물소리가 들려온다. 물을 뿌린 현관 바닥에 조리가 가지런히 놓여 있다.

창밖에서 들어오는 빛이 장지문을 하얗게 비추고, 다도실 안은 부드러운 빛에 감싸인다.

* 口切りの茶事, 새 차를 담아놓은 단지를 처음 개봉하는 날 여는 다회.

도코노마의 족자에는 학, 소나무, 천년처럼 길하게 여겨지는 글자가 적혀 있었다.

학은 천년의 소나무에 머문다
鶴宿千年松

도코노마 장식 기둥에 걸어둔 꽃병에는 흰 동백꽃 봉오리가 한 송이 들어 있었다. 그 한 송이가 유독 눈길을 끌었다. 갓 부풀기 시작한 꽃봉오리의 순결한 흰색과 반들반들한 잎사귀의 청아한 녹색……

그 꽃에서 눈을 뗄 수가 없었다.

"선생님, 이 동백은 뭐예요?"

"'하쓰아라시'라고 한단다. 화로를 개시할 때는 하얀 동백이 좋다고 해."

"……"

어쩜 이렇게 아름다울까. 고결하기 그지없는 순백……. 꽃 한 송이의 기품이 이 공간을 완전히 지배하고 있다.

"예쁘다……."

"역시 다실에는 동백이 제일 잘 어울려."

"하지만 옛날 무사들은 꽃목이 뚝 떨어진다고 해서 동백을 싫어했다며?"

"맞아, 맞아. 그래서 나도 다도를 시작하기 전에는 동백이
싫었어."

그러고 보니 나도 어릴 때부터 동백을 싫어했다. 꽃목이
떨어져서 불길하기도 했지만, 무엇보다 어디서든 흔히 볼 수
있는 꽃이라 희소성이 없기 때문이었다. 서구적이고 화려한
장미에 비하면 동백은 수수하고 고풍스럽고 너무 평범해 보
였다. 꽃이 떨어진 다음에 녹슨 듯한 색깔이 되어서 시드는
것도 싫었다…….

하지만 다도를 시작하고 나니, 화로의 계절이 돌아왔을 때
도코노마에 장식하는 다화의 대부분이 동백이었다. 다양한
동백을 보고 수많은 이름을 들었다.

"어때, 아름답지? 동백은 다화의 여왕이란다."

선생님이 그렇게 말씀하실 때면, 속으로 '또 동백이야……'
하고 생각했다.

게다가 동백을 장식할 때는 꽃봉오리만 사용하도록 되어
있었다. 이제 막 피어나려는 모습을 선호해서 활짝 핀 꽃은
사용하지 않는다.

'어째서 활짝 핀 꽃은 쓰지 않는 걸까?'

그래서 동백꽃 봉오리를 볼 때마다 어딘가 부족하다는 느

낌을 받았다.

그랬던 내가 어느새 동백의 매력에 사로잡힌 것이다…….

동백 하면 잊을 수 없는 기억이 있다. 삼십 대 중반 즈음이었다. 어느 날 전철에 탔는데 동백꽃 사진이 클로즈업된 광고가 눈에 들어왔다.

붉은 산동백이었다. 나는 아무 생각도 하지 못한 채 멍하니 그 사진을 바라봤다.

도톰한 잎은 반드르르하게 젖혀져 있고, 꽃잎이 서로 붙어서 대롱 모양으로 핀 꽃송이는 붉은 비단 속옷 같은 진홍색이었다. 꽃 한가운데에는 귀여운 왕관 같은 노란색 수술이 올라와 있었다.

얼마나 바라보고 있었을까……. 소박하게 핀 꽃에 생생하고 강렬한 아름다움을 느꼈다.

그 산동백이 나를 뒤따라오는 듯한 기분이 들었다.

갑자기 오싹해지며 등에 소름이 돋았다.

'이제 돌이킬 수 없을지도 몰라…….'

그런 느낌이 들었다.

그리고 다음 순간, 이미 일 초 전과는 다른 내가 되어 있었다…….

그날 이후, 동백을 발견하면 항상 발을 멈추게 된다. 동백은 더 이상 수수하고 흔해빠진 꽃이 아니었다.

동백은 다석의 여왕이다. 그중에서 나는 '시라타마'나 '가모혼나미'처럼 하얗고 꽃송이가 커다란 종류를 가장 좋아한다. 꽃망울 사이로 어렴풋이 꽃술 부분이 들여다보일 때, 그 청아함에 숨이 멎을 정도다.

진홍색 산동백도 좋다. 붉은 꽃송이가 녹색 이끼 위에 떨어져 있는 풍경을 보면, 옛날 유럽 사람들이 동백을 '일본의 장미'라고 부르고, 오페라 <춘희>의 여주인공이 사랑하는 꽃이라서 크게 유행했다는 이야기가 떠오른다. 이것이 동양의 아름다움일지도 모르겠다.

화로 속에서 숯이 타오르며 자작자작 소리를 내고, 싸한 연기 냄새가 났다. 방 안이 살짝 따뜻해졌다.

보통 화로를 개시하는 날 먹는 화과자는 화재를 막고 무병장수를 기원하는 의미가 담긴 '이노코모치'*인데, 이날은 선생님이 부엌에서 직접 그릇을 쟁반에 담아 오셨다.

"팥을 끓여봤단다. 맛있게 먹으렴."

그 단팥죽은 너무 달지 않고 산뜻하며 팥의 풍미가 살아있었다.

---

* 음력 10월 해일亥日에 먹는 멧돼지 모양의 떡.

산동백°

유키노 씨가 진한 차 데마에를 시작했다.

조용한 수업이었다.

다완에서 코보시로 물을 비우는데, 마지막 한 방울에서 또록! 맑은 소리가 났다.

유키노 씨의 손에 들린 갈색 차이레가 마치 아기 참새가 웅크린 것 같아 귀여웠다. 그 차이레이 자은 입구에서 세심한 손길로 차샤쿠를 이용해 말차를 떠낸 뒤, 하기야키의 다완에 수북이 담는다.

가마 뚜껑을 열고 뭉게뭉게 피어오르는 하얀 수증기 속에서 히샤쿠로 뜨거운 물을 듬뿍 퍼 올린 뒤, 따랑따랑 소리를 내며 다완 속에 반쯤 부었다. 그리고 차선으로 말차와 뜨거운 물을 잘 섞으면서 아주 천천히 개기 시작했다.

감았던 눈을 반짝 뜬 것처럼, 선명하고 힘차게 진한 차의 향기가 피어오른다…….

겨울의 소리

수요일, 맑음.

"문 앞에 낙엽이 어마어마하더라."

아침을 먹으며 엄마가 말했다. 낙엽을 전부 쓸어 모았더니 큰 쓰레기봉투 두 개가 가득 찼다고 한다.

어젯밤 내내 겨울바람이 거칠게 불어서 밤새도록 창문이 덜컹덜컹 흔들렸다. 바람이 먼지를 다 날려 보낸 건지, 오늘 아침은 공기가 맑고 하늘이 눈부시게 파랗다.

오전 내내 이층에서 마감을 앞둔 원고를 쓰고, 오후에는 다도 수업에 갔다. 날씨가 추워서 큼직한 숄을 어깨에 두르고 집을 나섰다.

바람 덕분에 낙엽이 길가에 얌전히 모여 있는 곳이 있는가 하면, 도로 여기저기에 잔뜩 흩어져 있는 곳도 있다.

넓어졌다 좁아졌다 하며 낙엽 길이 쭉 이어졌는데, 그 위를 걸으면 바삭바삭 소리가 난다.

선생님 댁 문에 들어서자마자 정원의 감나무가 눈에 들어왔다. 잎은 다 떨어지고 높은 나뭇가지 끝에 열매가 한 개 남아 있었다. 그 나뭇가지가 저녁놀 같은 색으로 무르익어, 마치 흑백사진 속에서 그곳만 유일하게 색채가 있는 것처럼 보였다.

"내년에도 열매가 잘 열리라고 한두 개 남겨두는 거야. 그걸 '키마모리木守り'라고 한다."

언젠가 선생님이 가르쳐주셨다. 그 '키마모리'라는 말이 좋았다.

마침 수업이 시작되려는 참이었다. 도코노마의 족자를 바라봤다.

문을 열자 낙엽들로 가득하구나

開門多落葉

선생님이 선수를 치셨다.

"청소를 제대로 안 해서, 우리 집 대문 앞이 족자에서 말하는 그대로야."

그러자 여기저기서 웃음이 터졌다.

"저희 집도 그래요."

"바람이 부는 날은 청소를 하든 안 하든 똑같은걸요."

도코노마의 다다미에 놓인 대나무 꽃병에는 흰 동백꽃 봉오리와 새빨갛게 단풍이 든 이테아 잎이 장식되어 있었다. 그 흰색과 진홍색이 선명하게 대비되어 겨울을 화려하게 만든다.

"자, 누구든 좋으니 숯 데마에를 시작하도록 하렴."

"하기오 씨, 먼저 하세요."

"……네. 그러면 많이 배워가도록 하겠습니다."

여름에는 불의 기운을 멀리하기 위해 풍로를 구석에 놓지만, 겨울은 '불의 계절'이다. 화로의 위치는 다도실 중앙 쪽에 가깝다. 화로는 마루 아래에 설치한 작은 이로리 같은 장치인데, 바닥에 재를 깔고 삼발이를 놓은 다음 불을 피운다. 삼발이 위에 올려놓은 가마에는 뜨거운 물이 가득 들어 있다.

하기오 씨가 새 숯을 담은 '숯 바구니'를 들고 들어오자 숯 데마에가 시작되었다.

화로 위에 놓았던 가마를 치우면, 손님들은 일제히 자리에서 일어나 화롯가에 둘러앉아 안쪽을 들여다본다.

화로 안에서 숯불이 저녁놀 같은 오렌지 빛으로 타오르고 있다…….

다도에 사용하는 숯은 상수리나무로 만든다. 상수리나무 숯의 단면에는 방사형으로 금이 가 있어서 꼭 국화꽃처럼 보인다. 까만 숯이 새빨갛게 타오르다가 완전히 타면 하얀 재가 되어 사그라진다.

하지만 하얗게 변해도 단면의 국화꽃 문양은 유지되기 때문에 마지막까지 아름답다.

연기와 숯 냄새를 맡으니 어쩐지 산속의 오두막집에 있는 것 같다. 어깨를 맞대고 타오르는 불을 함께 바라보고 있으면, 서로 간의 마음의 거리가 가까워지면서 기분이 들뜬다.

밑불 주위에 새 숯을 얹는다. 여름의 숯과 겨울의 숯도 다르다. 여름용에 비해 겨울용 숯은 훨씬 두껍다. 추운 계절에 화력을 세게 하고, 그 화력을 장시간 유지하기 위해서다. 우리 현대인은 스위치 하나로 화력을 조절하지만, 옛날 사람들은 숯의 두께, 길이, 불 지피는 법을 통해 화력을 조절했던 것이다.

새 숯을 피우고 나면 손님들은 화로 옆을 떠나 원래 자리로 돌아가 앉는다.

하기오 씨가 숯 바구니를 들고 방을 나서려 할 때, 화로 안에서 파직, 파직, 하고 건조한 소리가 났다.

새 숯 주위로 불이 붙어서 타오르기 시작했다는 신호다. 화로의 계절에는 이 소리가 또렷하게 들린다.

"겨울의 소리네……."

데라시마 씨가 빙긋 미소 지었다.

이 소리가 들리고 나면 이윽고 가마의 물이 끓고, "시, 시, 시—" 하고 솔바람이 울리며, 뚜껑을 열 때마다 수증기가 새하얗게 소용돌이친다.

숯 데마에의 마지막 순서로 향합을 돌려가며 배견한다. 평소 자주 보던 향합과는 어딘지 좀 다른 도자기였는데, 자그맣고 동글동글한 형태가 마치 무슨 열매 같았다. 뚜껑 위에 달려 있는 꼭지와 도톰한 네 개의 잎사귀. 분명히 본 기억이 있다…….

무슨 열매인지는 기억나지 않지만, 어쩐지 달짝지근한 향기가 감도는 듯한 기분이 들어서 견딜 수 없었다.

"이건 어떤 도자기인가요?"

"송호록을 본뜬 '감 향합'입니다."

하기오 씨가 대답했다.

송호록은 태국의 '스완칼로크'라는 도자기에서 유래한 다구의 별명으로, 한자로는 '宋湖録'이라고 쓴다.

'아……!'

나는 무심코 무릎을 탁 쳤다. 동남아시아의 어떤 과일이 떠올랐기 때문이다.

바로 망고스틴이다.

망고스틴을 본 적 없던 옛 다인들은 외국에서 온 이 도자기를 보고 감으로 착각해서 '감 향합'이라고 불렀을 것이다.

"이토록 귀한 향합을 배견하게 되었네요. 감사합니다."

정객인 데라시마 씨가 인사하자, 가만히 듣고 있던 선생님이 말씀하셨다.

"너희들 말이야, 다구를 칭찬하는 법을 좀 더 연습해야겠어. 그러려면 경험을 쌓아야 해."

"경험이요?"

"그래. 다회에 자주 나가서 정주와 정객이 주고받는 대화를 듣고 공부하는 거야. 그리고 직접 정객도 되어보고, 창피도 당해보고. 그런 게 진짜 공부야."

'공부'라는 그 말에 아름다운 한 노부인이 떠올랐다. 옛날에 사촌과 함께 처음으로 다회에 갔을 때, 그 노부인은 선생님과 이야기를 나눈 뒤 이렇게 말하면서 자리에서 물러났다.

"자, 이제 남은 한 자리까지 마저 공부하고 와야겠네요. 공

후키요세*°

* 여러 종류의 히가시를 한데 모은 것으로 다양한 나뭇잎이 바람에 날려
  한곳에 모인 모습을 비유하기도 한다.

부라는 건 정말 재미있다니깐."

그로부터 수십 년이 지났다. 하지만 나는 아직 진짜 공부의 경지에 이르지 못한 기분이 든다.

장지문이 다시 열렸을 때, 차가운 공기와 함께 부드러운 빛이 무릎 바로 옆까지 들어와서 다다미를 비추었다. 햇살이 더욱 길어졌다.

삭삭삭…….

가마의 뚜껑이 열릴 때마다 새하얀 수증기가 올라온다.

그리고 오후 4시, 바깥은 벌써 어둡다.

그날 밤 창문을 열었더니 공기가 차갑고 맑아서 야경이 선명히 보였다. 드디어 밤이 길어지는 계절이 왔다.

일기예보에 따르면 홋카이도에는 내일 큰 눈이 내린다고 한다. 올해의 첫 '동장군'이다.

벌레 먹은 단풍잎

수요일, 아침 기온이 확 떨어졌다.

커튼을 열자마자 겨울의 맑은 하늘 너머로 새하얗게 눈으로 단장한 후지산이 보였다. 백 킬로미터나 떨어져 있는데도 오늘 아침에는 후지산의 산등성이까지 선명히 보인다. 역시 후지산 하면 겨울이다.

12월에 들어선 순간, 연말연시의 휴일 때문에 원고 마감이 앞당겨지면서 시간이 쏜살같이 지나간다.

다 쓴 원고가 어쩐지 마음에 들지 않아 이렇게 할걸 그랬나, 저렇게 쓸걸 그랬나 하고 고민하게 된다. 그래도 마감일이 닥칠 때마다 어찌어찌 마무리를 짓는다. 올해 안에 또 몇 번의 마감이 남아 있다. 마음이 진정되지 않는 나날.

오후, 그런 일상으로부터 도망치듯이 평소 옷차림 그대로 서둘러 다도 수업으로 향했다.

선생님 댁 앞에 작은 트럭이 서 있었다. 마침 정원 손질이 끝났는지 정원사가 "사모님, 다 끝났습니다" 하고 안쪽을 향해 이야기하고 있었다.

이발을 마친 것처럼 말쑥해진 정원은 이제 정월을 맞을 준비가 되어 있었다.

쓰쿠바이의 차가운 물로 손을 씻으며 정원을 바라보자, 정원수 사이에 있던 죽절초에는 빨간 열매가 소담히 맺혔고 볕이 드는 곳에는 수선화가 피어 있었다.

다도실에 들어가 도코노마를 봤다. 순간 탄성이 나왔다.

"아……!"

비젠야키* 꽃병에 흰 동백꽃 봉오리와 도사물나무의 단풍잎이 들어 있었다.

* 비젠 시 일대에서 생산되는 유서 깊은 도자기로 유약을 사용하지 않고 고온에서 장시간 구워 갈색을 띠는 것이 특징이다.

흰 동백과 단풍잎°

단풍잎이란 날씨가 추워지면서 붉거나 누렇게 변한 잎과 가지를 아울러 말한다. 늦가을부터 연말까지는 동백 등의 다화와 함께 단풍잎을 하나씩 곁들인다.

그동안 불타는 듯 선명한 단풍철쭉이나 풍년화, 산수유 등 많은 단풍을 보아왔지만, 그 도사물나무 단풍잎을 처음 본 순간 나는 전에 없이 큰 충격을 받았다.

겨울이 되어 마른 잎이 떨어지고 힘없이 꺾인 가늘고 긴 가지 끝에 단 한 잎, 벌레 먹은 듯한 잎이 남아 있었다.

그 잎은 노란 단풍이 들어 있었는데, 요 며칠 새 아침마다 기온이 급격히 내려간 탓인지 잎사귀 가장자리가 노란색에서 붉은 색으로 살짝 물들어 있었다.

지금까지 단풍잎은 예쁘게 물들었을 때만 가치가 있다고 생각했는데, 벌레 먹고 색이 바랜 잎도 멋진 존재였다……

자연은 이렇듯 근사한 예술을 만들어낸다. 나는 그 단풍을 가만히 바라보며 눈에 담고 마음에 아로새겼다.

그리고 수많은 나뭇가지 중에서 이 가지 하나를 골라낸 선생님의 감각에 새삼스럽게 감동을 받았다. 백화요란한 날에도 메마른 겨울날에도 무한한 초목 속에서 이런 나뭇가지 하나를 발견할 수 있다면 이 세상은 아름다울 것이다.

무한 속에서 무엇을 선택할 것인가. 그것이 그 사람의 세계를 결정한다…….

"벌써 이 계절이 되었네……."

데라시마 씨의 목소리에 문득 정신이 들었다.

단풍잎에서 시선을 떼고 족자를 올려다봤다.

세월은 사람을 기다려주지 않는다

歲月不待人

"12월에 딱이지?"

선생님이 빙그레 미소 지었다.

"오늘은 누가 다이텐모쿠를 해보렴."

'다이텐모쿠'란 텐모쿠자완이라는 귀한 다완을 사용하는

진한 차 데마에다. 다이텐모쿠를 하려면 일종의 허가가 필요

해서, 면허를 취득한 사람만 연습을 할 수 있다. 수요일 수업의

학생들은 모두 면허를 갖고 있는데, 오늘은 내가 처음으로

데마에를 하게 되었다.

"잘 부탁드립니다."

인사를 하고 미즈야에 들어갔지만 아직 마음의 준비가 되

지 않았다. 다이텐모쿠는 최근 몇 년 동안 연습한 적이 없다.

미즈야에서 준비를 하는 동안 기억을 더듬어봤지만 세세한 부분이 기억나지 않았다.

연말에 쫓겨서 바쁜 가운데, 오늘은 복장도 머리 모양도 모든 것이 어정쩡한 채로 급하게 수업에 도착했다. 몸가짐도 마음가짐도 준비되지 않은 이런 날에 평소보다 더 긴장해야 하는 어려운 데마에를 하게 되다니…….

분명히 엉망진창인 데마에를 선보이게 되겠지.

하지만 오늘 일은 오늘의 나에게 맡길 수밖에 없다.

크게 한 번 숨을 내쉬고 장지문을 열었다. 이제 실수해서는 안 된다는 생각 같은 건 하지 않는다. 그저 담담히 손을 움직였다.

도중에 선생님이 "그 부분에서는 좀 더 천천히 하는 편이 좋아" 하고 말씀하셨지만 그뿐이었다.

고민하지 않고, 헤매지 않고, 신기하게 데마에가 술술 풀려나갔다…….

그러고 보니 예전에 옷차림도 머리 모양도 만반의 준비를 갖추고 의욕에 넘쳐서 다도 수업에 갔던 날이 있었다. 일도 인간관계도 모든 것이 순조로웠다.

"좋아, 오늘은 꼭 완벽한 데마에를 하는 거야!"

의욕에 넘쳐서 데마에를 시작했다. 그런데 데마에의 첫 순서부터 실수를 했다. 그리고 실수를 만회하려 할수록 더더욱 실수를 연발했다. 그러다 결국 선생님께 야단을 맞았다.

"이러면 안 되지. 처음 해보는 것도 아니잖니?"

반면에 일도 잘 안 되고 기분도 좋지 않았던 날, 어쩐지 데마에가 순조롭게 잘되어서 위안을 얻었던 적도 있다.

표리 관계에 있는 하나의 존재. 인생과 데마에가 가끔 동전의 앞뒷면처럼 생각될 때가 있다.

완벽한 데마에를 목표로 하지만, 그건 내가 노력해서 이루는 것이 아니라 그날 그 순간을 욕심 없이 살아가다 보면 예상치 못한 순간에 손에 들어오는 것인지도 모른다.

"생각보다 날이 일찍 저물었네요."

"동지까지 아직 좀 남았으니까, 갈수록 일몰이 빨라질 거야."

그런 이야기 소리가 들려온다. 하지만 대화를 듣느라 마음이 흔들리는 건 아니다. 같은 공간에 있어도, 데마에를 하고 있을 때는 보이지 않는 커튼이 막을 치고 있는 기분이 든다.

"동지가 오면 금방 새해 첫 다회야."

"한 살 더 나이를 먹는 거네. 정말로 '세월은 사람을 기다려주지 않는' 법이구나."

집에 가는 길은 이미 완전히 깜깜해졌다. 바깥은 무척 추웠지만, 그래서 더 기분이 좋다.

건조한 공기에 눈물이 맺혀서 상점가의 불빛이 영롱하게
빛나 보인다.

끝은 시작

화요일, 맑음.

마감을 아슬아슬 앞두고 드디어 원고를 끝냈다. 코트를 대충 걸치고 우체국에 갔다 오는 길에 공원 연못에 들렀다.

어제 불었던 겨울바람이 가로수를 전부 벌거숭이로 만들었다. 고개를 들자 맑고 푸른 하늘을 향해 나뭇가지들이 뿌리를 뻗은 것처럼 보였다.

그 가느다란 가지 끝에 작은 새순이 가득 돋아 있었다. 그러고 보니 예전에 선생님이 도코노마에 동백과 단풍잎을 장식하면서 말씀하셨던 적이 있다.

"단풍잎을 사용하는 건 연말까지야. 새해가 되면 새순이 움튼 가지를 사용한단다."

같은 가지라도 단풍은 종말이고 새순은 재생이다.

늦가을에서 겨울을 향할 때면 낙엽이 지고 풀과 나무들도 죽은 것처럼 보이지만, 실은 살그머니 다시 올 봄을 향해 재생을 준비하고 있다.

풀과 나무처럼, 사람도 새해가 오면 새로운 봄을 맞이하라는 뜻이겠지.

아무도 없는 연못에 파란 하늘이 비치고, 포동포동 살찐 흰뺨검둥오리 두 마리가 느긋이 헤엄치고 있었다.

내년 봄이 되어 주위가 신록으로 눈부시게 빛날 때까지, 이 연못에도 조용한 시간이 흐를 것이다……

집으로 돌아오는 길, 편의점 앞을 지나는데 산타클로스 세 명이 모여서 한 손에 캔 커피를 들고 무슨 회의를 하고 있는 모습이 보였다.

"그럼 잘 부탁합니다."

산타들이 손을 들어 보이고 제각기 흩어졌다.

크리스마스가 가까워지니 산타도 바쁘다.

수요일, 맑음.

오후가 되어, 올해의 마지막 다도 수업에 갔다.

크리스마스 캐럴이 흐르는 상점가에서 어제 봤던 산타 가운데 한 명이 지나가는 사람들에게 전단지를 나눠주고 있었다. 건조한 바람에 전단지가 한 장 날아갔다.

선생님 댁 문에 들어서자 공기가 바뀌었다.

이곳에는 연말의 부산스러움이 미치지 않는다.

현관을 들어서자 졸졸졸, 쓰쿠바이의 물소리가 들리고 평소와 다름없이 느긋한 시간이 흐르고 있다.

후우, 깊이 숨을 내쉬었다.

도코노마에는 올해도 예의 족자가 걸려 있다.

올해도 무사히 보내고 마지막 날을 맞이했습니다
先今年無事芽出度千秋楽

일 년의 마무리는 언제나 이 족자다.

매년 보는 문구지만 볼 때마다 늘 가만히 미소 짓게 된다.

'아아, 또 이 말을 만났구나……'

지난 일 년이 평온했어도, 폭풍이었어도, 인생이 잘 풀려도, 잘되지 않아도, 일단 무사히 마지막 날을 맞이했다. 그 사실을 기뻐하고 싶다…….

그렇게 너그러운 마음이 든다.

과자가 준비되었다.

"자, 하나씩 가져가세요."

앞에 놓인 칠기 과자 그릇을 받아들고 살며시 뚜껑을 연 순간, 은은하게 달콤하고 상큼한 향기가 났다.

"아, 귀여워!"

"와아, 유즈만주*다!"

노랗고 자그마한 만주 표면은 우둘투둘하고 구멍이 송송 뚫려 있었으며, 꼭지는 연두색 네리키리로 만들어져 있었다.

"아, 나가토에서 사 오신 거구나……."

지금도 기억하고 있다……. 다도를 처음 시작했던 그해 연말에, 선생님은 일부러 니혼바시에 있는 오래된 가게까지 가서 사촌과 나를 위해 이 유즈만주를 사다 주셨다. 어렸던 우리는 "맛있어" "귀여워" 하고 꺅꺅거리며 좋아하다가 선생님께 한 소리 들었다.

"너무 그렇게 좋아하는 거 아니야. 그럼 다음에 또 사다 줘

*　유자 모양의 만주.

유즈만주°

야 하잖니."

하지만 그 후로도 연말이 되면 선생님은 가끔씩 이 유즈만주를 사다 주셨다.

만주를 반으로 자르자 유자향이 물씬 풍겼다.

한 조각을 입으로 옮기자 팥소의 달콤함과 유자 껍질의 풍미가 어우러져 입안 가득히 행복이 퍼져나간다…….

"그러고 보니 오늘이 동지네요……."

"어머, 진짜네. 동짓날 목욕물에 유자를 띄우고 몸을 담그면 감기에 걸리지 않는다고 하던데."

오후의 비스듬한 햇살이 툇마루에서부터 방의 가장 안쪽까지 들어와, 정좌한 우리의 무릎 위를 비추고 있었다.

일조시간은 점점 짧아져 여기가 태양의 일 년 종점이다.

그리고 이때를 기점으로, 다음 날부터 일조시간이 조금씩 길어지면서 새로운 일 년이 시작된다.

'끝'은 '시작'이기도 하다.

다구를 옮긴 뒤 장지문을 꼭 닫고서 진한 차 데마에를 시작했다…….

겨울의 데마에는 작은 꽃병처럼 생긴 '샤쿠타테'에 꽂아두었던 히샤쿠를 꺼내거나 후타오키를 옆으로 눕혀야 해서 손이 많이 간다. 정성을 들이는 만큼 뜨거운 물을 담은 다완을 충분한 시간을 들여 데울 수 있다.

"슈━━."

가마가 울리며 방 안 전체가 캐시미어로 포근히 감싼 듯 따뜻해진다.

"문을 꼭 닫아 놓은 방 안에서 솔바람 소리를 들으니 참 좋다."

"그래서 난 화로의 계절이 좋아."

가만가만 이야기를 나누는 소리가 들린다.

"슈━━" 하는 소리에 귀를 기울이면서 데마에를 보고 있으면, 내 마음 한가운데 평온하게 앉아 있을 수 있다.

두껍고 깊은 다완에 진한 차를 듬뿍 개어 한 사람씩 돌려 가며 마신다.

혀끝에 남은 유즈만주의 달콤함이 진한 차의 깊은 맛과 어우러져, 그 여운이 계속 이어진다……

진한 차를 마신 뒤 연한 차 데마에까지 끝났을 때 딩동, 현관의 초인종이 울렸다.

"아, 국수가 왔구나. 좀 도와주렴."

선생님이 몸을 일으키고는 "네, 나가요!" 하고 대답했다. 유키노 씨와 하기오 씨가 종종걸음으로 현관에 나갔다.

몇 년 전부터 선생님은 마지막 다도 수업 날에 메밀국수를 준비해주셨다.* 다 함께 다도실로 탁자를 옮겨와서 옹기종기 둘러앉는다.

"올해도 신세 많았습니다. 내년에도 부디 가늘고 길게, 잘 부탁드립니다."

다 같이 인사를 나눈 뒤 메밀국수를 먹는다.

메밀국수를 먹는 동안 새해 첫 다회의 좌석 순서며 숯 데마에에 대한 이야기가 나왔다. 새해 첫 다회의 숯 데마에는 그해의 십이지에 태어난 여성이 하게 되어 있다.

"내년에 해당되는 사람이 누구지?"

"네, 저예요."

데라시마 씨가 손을 들었다.

"숯 데마에를 하는 것도 이번이 마지막이겠네요. 십이 년 뒤에는 여든네 살인걸요. 아무래도 무리겠죠?"

"그래도 여든넷이 되어서도 다도를 계속한다면 멋질 것 같아요."

"맞아요, 우리 같이 힘내자고요."

이렇게 한 해의 시작과 끝에는 십이지의 '열두 해'를 기준

* 일본에는 한 해의 마지막 날에 장수를 의미하는 메밀국수를 먹는 풍습 이 있다.

삼아 인생을 바라보며 수다 꽃을 피운다…….

메밀국수를 먹은 다음에는 서둘러 뒷정리를 하고, 다 같이 선생님에게 인사를 드리고 다도실을 나선다. 입을 모아 "새해 복 많이 받으세요" 인사하며 문 앞에서 헤어졌다.

새카만 밤길에 차가운 12월의 바람이 불어오고, 밤하늘에 오리온자리의 별 세 개가 빛나고 있었다.

크리스마스가 끝난 다음 주, 올해도 역 앞의 우체통 옆에서 모닥불을 쬐면서 소나무 장식을 파는 사람을 봤다.

매년 여기에 소나무 시장이 설 때면 거리에도 연말 분위기가 나기 시작한다.

텔레비전 뉴스에서는 고향에 돌아가거나 해외로 떠나는 사람들을 언급하며 "올해도 이제 사흘 남았습니다" 하고 소식을 전한다.

이때부터 슬슬 요일 감각이 사라지며, 아무 요일도 아닌 '연말연시'가 시작된다.

방 한쪽에 어수선하게 쌓여 있는 짐을 정리했다.

잡지와 신문 더미를 치우고 청소기를 돌리고 흐린 유리 창문을 닦았더니, 해가 막 저문 하늘에 금색 구름이 떠 있는 것이 보였다.

가가미모치*를 장식하고 문 앞에 소나무 장식을 세웠다.
청청한 솔잎의 송진 냄새가 향긋하다…….

---

* 　정월에 신에게 바치는 공물로 크고 둥근 떡 두 개를 쌓고 그 위에 귤 등
　을 얹는다.

얼마 전 데마에를 하고 있을 때, 선생님이 말씀하셨다.

"노리코, 지금 한 부분 다시 한번 해보렴. 손이 거꾸로였어."

"네."

지적 받은 부분을 다시 하면서 나도 모르게 입가에 미소가 떠올랐다…….

이십 대 때는 선생님께 매번 일거수일투족을 지적당하고, "이제 화도 안 난다!" 하면서 혼나기 일쑤였다. 그때는 지적

받는 게 너무 싫어서 자주 이런 생각을 하곤 했다.

'아아, 하루빨리 잔소리에서 졸업하고 싶어!'

하지만 요즘은 선생님도 옛날만큼 야단을 치거나 주의를 주지 않게 되셨다. 그러자 어쩐지 쓸쓸하다.

선생님께 오랜만에 지적을 받으며 "주의 깊게 지켜보고 있었단다" 하는 말을 듣자, 그립고 기쁘면서도 애달픈 기분이 들었다.

'선생님은 계속 나의 선생님으로 계셔주시는 거구나……'

내가 사십 대가 되었을 때부터 다케다 선생님은 몇 번이나 "다도를 가르쳐보렴" 하고 권해주셨다. 하지만 나는 글 쓰는 일을 하면서 제자를 가르칠 엄두가 나지 않아서, 제자를 양성하는 일 없이 지금에 이르렀다. 아니, 일 핑계를 댔지만 사실은 이대로 일주일에 한 번, 그저 다케다 선생님의 다도 수업에 다니는 학생이고 싶었던 것이다.

끝끝내 독립하지 않고, 선생님이 정성을 다해 가르쳐주셨던 차를 누군가에게 전하지도 않았던 것을 마음 한구석으로 계속 죄송하게 생각하고 있었다.

다도를 시작하고 25년이 지났을 때, 나는《매일매일 좋은 날》*이라는 책을 썼다. 언제나 데마에에 관한 것 외에는 아무 말씀도 하지 않던 선생님이 책을 읽고 나서 말씀하셨다.

"그동안 이런 식으로 느껴주었던 거구나 생각하니 눈물이 날 것만 같았단다."

그 순간 가슴이 뭉클해졌다.

다도를 가르치는 길을 택하지는 않았지만, 책을 통해서 내가 배웠던 다도를 독자에게 전할 수 있다면……. 그 순간 그런 생각이 들었다.

다도를 배우기 시작하고 꼭 사십 년이 지났을 때, 프로듀서인 요시무라 토모미 씨에게서 영화화 제안을 받았다. 오모리 타츠시 감독에 주연은 쿠로키 하루 씨, 다케다 선생님 역을 키키 키린 씨가 맡는다는 이야기를 듣고 최고의 캐스팅에 놀랐다.

그리고 영화 <일일시호일>의 개봉에 맞추어, 이 책《계절에 따라 산다》를 집필하게 되었다. 오십 대 즈음에 몇 년 동안 적어온 노트가 이 책의 토대가 됐다.

이 책은 다도 수업의 기록인 동시에 계절의 순환에 대한 기록이기도 하다. 읽다 보면 매년 그 계절마다 일언일구, 조금도 벗어나지 않는 똑같은 감정을 다룬 내용이 곳곳에 적혀

---

*   원제는《일일시호일—차가 가르쳐준 열다섯 가지 행복》.

있어서, 새삼스럽게 계절은 사람의 마음과 하나라는 생각이 확고해졌다.

그렇다 하더라도 인생에는 여러 가지 고민이 있는 법이다. 이 노트를 적어나갔던 오십 대의 나에게는 일에 대한 고민이 얼마나 심각했는지 실감이 난다. 인생의 반을 지나 깊은 숲 속을 헤매던 시기였다.

그럴 때마다 일주일에 한 번 있는 다도 수업이 얼마나 내 마음을 지지하고 구원해주었는지……. 나에게 있어서 '글쓰기'와 '다도'는 별개의 존재가 아니라, 자동차의 두 바퀴 같은 관계였다. 그리고 앞으로도 틀림없이 이 두 바퀴로 나아가게 될 것이라 생각한다.

책에 등장하는 사람들의 이름은 전부 가명을 사용했다.

'계절에 따라 산다'는 프로듀서인 요시무라 토모미 씨가 영화 포스터에 쓴 문구였는데, 이 책에서 사용할 수 있도록 허락해주셨다. 요시무라 씨, 고맙습니다.

스즈키 세이이치 씨, 이번의 표지 장정도 무척 마음에 들었습니다.

집필하는 동안 《매일매일 좋은 날》과 마찬가지로 편집자 시마구치 노리코 씨에게 많은 격려를 받았다. 시마구치 씨,

고맙습니다.

이 책에 관련된 모든 분들께 감사를 전합니다.

그리고 언제나 응원해주시는 여러분께 진심으로 감사드립니다.

모리시타 노리코

일러스트가 처음 게시된 곳

* 이 외에는 전부 새로 그린 그림입니다.

29쪽 　도키와만주 <세이류淸流> (2009년 1월호)
59쪽 　시타모에 <세이류> (2009년 2월호)
121쪽 　푸른 매실 <이런저런 맛> (2014년 6월, No.136)
143쪽 　다마가와 <세이류> (2009년 6월호)
205쪽 　후키요세 <세이류> (2008년 10월호)
219쪽 　유즈만주 <이런저런 맛> (2002년 11월, No.3)
(<이런저런 맛おいしさ さ・え・ら>은 온라인 사이트입니다.)

| 참고문헌 |

5~15쪽, 들어가며
<부인 공론婦人公論> (2003년 7월 7일호), 모리시타 노리코, <나를 소중히 여기는 시간을 데마에에서 배우다>

일러스트 상세 (제작자 등)

* [   ] 안의 명칭은 해당 과자를 파는 가게 이름.

겨울

29쪽 (소한)   도키와만주 [도라야]

41쪽 (대한)   제제야키*, 순무 채색 다완, 이와사키 신조 作

봄

51쪽 (입춘)   백자 매화 향합, 오노 하쿠코 作

59쪽 (우수)   시타모에 [미사키야]

69쪽 (경칩)   나타네노사토 [산에이도]

77쪽 (춘분)   소메쓰케**, 스미다가와 향합

83쪽 (청명 I)   제제야키, 둥근 창 벚꽃 그림 다완, 이와사키 신조 作

93쪽 (곡우)   봄 화초가 그려진 금박 세공 대나무 히라나츠메, 구로다 쇼겐 作

여름

105쪽 (입하)   제제야키, 푸른 단풍 채색 다완, 이와사키 신조 作

109쪽 (소만 I)   볏모와 반딧불이 그려진 나츠메

121쪽 (망종 II)   푸른 매실

---

*   시가 현 오쓰 시에서 생산되는 도자기로 철 성분이 들어 있어 검은 빛을 띠는 유약을 사용하는 것이 특징.

**   흰 바탕에 산화코발트 안료를 사용한 푸른 무늬가 특징인 도자기.

* 브랜드 이름.
** 교토 우지 시에서 생산되는 도자기.

옮긴이_**이유라**

숙명여자대학교에서 일본학과 의류학을 전공하고 일본 리츠메이칸대학교 문학부에서 공부했다. 일본 유학시절, 우라센케의 마치다 소호 선생님에게 다도를 배우고 교토의 회과자 선분섬 오이마쓰에서 화과자를 배웠다. 단편소설로 등단한 뒤 집단지성번역플랫폼 플리토에서 근무했으며 현재는 바른번역 소속 전문 번역가로 활동 중이다. 스스로 빛나지 않는 달처럼, 원작의 빛을 가장 잘 전달하는 번역가가 되기 위해 노력하고 있다. 모리시타 노리코의 전작 《매일매일 좋은 날》을 비롯해 《나에게 읽어주는 책》 《5분 스탠딩 건강법》 《나쁜 감정 정리법》 《우리도 고양이로소이다》(공역) 《기담책방》(공역) 등을 우리말로 옮겼다.

계절에 따라 산다

차와 함께라면 사계절이 매일매일 좋은 날

1판 1쇄 발행 2019년 12월 27일
1판 3쇄 발행 2020년 2월 17일

지은이 모리시타 노리코
옮긴이 이유라
발행인 유성권

편집장 양선우
기획·책임편집 신혜진 **편집** 윤경선 백주영
해외저작권 정지현 **홍보** 최예름
마케팅 김선우 박희준 김민석 박혜민 김민지
제작 장재균 **물류** 김성훈 고창규

펴낸곳 ㈜이퍼블릭
출판등록 1970년 7월 28일, 제1-170호
주소 서울시 양천구 목동서로 211 범문빌딩 (07995)
대표전화 02-2653-5131 | **팩스** 02-2653-2455
메일 tiramisu@epubllc.co.kr
인스타그램 instagram.com/tiramisu_thebook
포스트 post.naver.com/tiramisu_thebook

이 도서의 국립중앙도서관 출판예정도서목록(CIP)은 서지정보유통지원시스템 홈페이지(http://seoji.nl.go.kr)와 국가자료공동목록시스템(http://www.nl.go.kr/kolisnet)에서 이용하실 수 있습니다. (CIP2019046943)

editor's letter

꽃이 피는지, 잎이 돋는지, 단풍 드는지,
낙엽 지는지도 모르고 지나쳤던 나날이 있습니다.
지금 생각하면 뭐가 그리 바빴을까요.
책을 읽는 동안이나마 계절 안에 온전히,
마음 한가운데 평온하게 머물렀기를.